Espero que te guste el libro
En Salamanca 1 día
19/10/23

To Bill, from the translator

Best wishes, Fernando

Raimon Quintana Miró

OBJETIVO GUTENBERG
LOS LÍMITES DEL YO

OBJECTIVE GUTENBERG
THE LIMITS OF THE SELF

(Edición bilingüe - Bilingual edition)

Traducción de Fernando Toda

Alamar Libros®

Traducción:
Fernando Toda

Título: *Objetivo Gutenberg - Objective Gutenberg*
Subtítulo: *Los límites del yo - The limits of the self*

Alamar Libros® es un sello editorial de
International Trade Platform S. L.
Muñoz Torrero, 1
37007 - SALAMANCA

Cubierta y tratamiento digital: Dto. Gráfico ITP

Septiembre, 2023

ISBN: 978-84-127449-2-7
Depósito Legal: DL S 358-2023

Impreso en la Unión Europea / printed in the European Union

OBJETIVO GUTENBERG

LOS LÍMITES DEL YO

Raimon Quintana Miró

OBJETIVO GUTENBERG

LOS LÍMITES DEL YO

A quienes prefieren la verdad a la paz, y convencer a vencer

Sobre esta edición bilingüe

El autor, Raimon Quintana, y el traductor, Fernando Toda, comenzaron sus estudios en la Universidad de Salamanca en 1969 y son amigos desde entonces. La idea de traducir *Objetivo Gutenberg* al inglés partió de Fernando, ya jubilado de la docencia en el Departamento de Traducción e Interpretación de esa universidad, quien en su juventud vivió varios años en Estados Unidos, país en el que suceden las tres historias. La colaboración durante el proceso de traducción fue muy estrecha, con modificaciones sugeridas por el traductor que se incluyeron también en la versión original. Esperamos que esta edición bilingüe pueda resultar interesante para estudiantes de inglés o español como lengua extranjera.

About this bilingual edition

The author, Raimon Quintana, and the translator, Fernando Toda, began their studies at the University of Salamanca in 1969 and have been friends ever since. The idea of translating *Objetivo Gutenberg* into English came from Fernando, once retired from teaching in the Department of Translation and Interpreting of that university, who in his youth lived for several years in the USA, where the three stories take place. Their collaboration in the process of translation was very close, with modifications suggested by the translator that were also included in the original version. We hope that this bilingual edition may prove to be interesting for students of Spanish or English as a foreign language.

TRES HISTORIAS

Eos, más conocida por su clon romano, Aurora, bajaba cada día a la tierra para anunciar la aparición de su hermano Helios, el dios del sol.
Eos, diosa inmortal, se enamoró de Títono, un humano mortal.
Eos pidió a Zeus, Señor del Olimpo, que hiciera inmortal a su querido Títono. Zeus accedió.
Eos, sin embargo, olvidó pedir a Zeus que también le concediese el don de la eterna juventud.
Eos permanecía eternamente joven, mientras que su amante iba envejeciendo.
Eos lloraba cada mañana al ver a Títono degradándose. Sus lágrimas son el rocío.
Títono, a medida que envejecía, se iba encorvando hasta que se convirtió en un grillo.
Títono, al final, sólo deseaba morir.

1 Objetivo Gutenberg

Filadelfia

Nunca me ha gustado Filadelfia. Me sucede lo mismo con otras ciudades como Atenas, Alejandría, Lisboa o Buenos Aires. Son ciudades engreídas, tan orgullosas de su pasado que no son capaces de mirar hacia el futuro. Gastan toda su energía recordando lo que un día fueron; tienen la actitud del que le deben y no le pagan, como los actores pasados de moda, que no entienden que su estrella ha dejado de brillar. Cuando una ciudad no hace nada para crear futuro, si es que alguna vez ha tenido un presente que mereciese la pena, acaba convirtiéndose en unas momificadas líneas en los libros de historia. Esto, quizás, también es válido para muchas personas.

Hay ciudades en el mundo que tienen un pasado importante: Roma, Londres, París, Nueva York, San Francisco, pero no por eso dejan de intentar reinventarse día a día. Son ciudades vivas, no piezas de museo. No quiero poner el ejemplo de Boston como ciudad viva porque, pese a ser la que más ha aportado a la historia de los

Estados Unidos, cualquiera me podría acusar de imparcial, ya que en ella vivo.

No sé por qué he empezado con estas reflexiones que, en realidad, nada tienen que ver con lo que quiero contar, pero, al tener que hablar de Filadelfia, no lo he podido evitar.

Pese a que la ciudad no me gusta, cuando me llamaron desde un bufete de abogados pidiéndome que los visitase para hablar conmigo, no me negué. Me ofrecieron pagarme el vuelo de American Airlines en *business*, y la estancia en el Ritz-Carlton, así como cualquier otro gasto que mi viaje generase. Me explicaron que querían hacerme una propuesta que estaban seguros de que iba a interesarme. Me aseguraron que, si al final no llegábamos a firmar ningún contrato, me indemnizarían por el tiempo perdido con tres mil dólares. ¿Alguien hubiera podido negarse? Desde luego, quedándome en Boston, no iba a ganar ese dinero en dos o tres días.

Ha sido una descortesía llegar hasta aquí sin haberme presentado. Me llamo Pau Sanias y, cuando sucedió lo que voy a relatar, yo aún no había cumplido los treinta años. Había estudiado periodismo, pero, finalizada mi carrera, me ganaba la vida escribiendo por encargo. Supongo que no es políticamente correcto decir que hacía de *negro*, pero es así como se le llama a ese trabajo.

Estoy casado con una mujer cuatro años mayor que yo, especialista en biónica que trabaja en la Winkle World Bionics, conocida por sus siglas WWB, sinónimo de muchos, muchos miles de millones de dólares. Mi mujer gana anualmente la misma cifra que yo, pero con un cero más a la derecha. Esto no afecta ni a mi ego, ni a nuestra relación, excepto en el hecho de que pasamos muy poco tiempo juntos, por lo que aún no nos hemos planteado tener hijos.

Wikipedia me explicó qué era Sharman, Briggs & Associates: un bufete de abogados de solera, fundado a mediados del siglo XIX, dedicado a herencias, fideicomisos y también a hacer de albaceas de fortunas muy importantes.

Era una incógnita lo que aquella gente pudiera querer de mí.

Cuando entré en la sede de Sharman, Briggs & Associates, situada en plena zona antigua de Filadelfia, junto a Elfreth Alley, me pareció que hacía un salto temporal y geográfico al Londres de principio del siglo XX. Si no hubiera sido por los ordenadores que había sobre las mesas de los empleados, habría dicho que allí nadie se había enterado de que estábamos en el siglo XXI.

Me recibieron con esa cortesía empalagosa que no permite distinguir si es una muestra de respeto o, sencillamente, una tomadura de pelo. En unos minutos me encontraba en una sala de reuniones dominada por una gran mesa de madera maciza, que, presumiblemente, era la base sobre la que se habían firmado miles de documentos, que habían hecho pasar, a veces *in articulo mortis*, grandes cantidades de dinero de una a otra mano o bolsillo, mientras otra mano o bolsillo quedaba vacío.

Colgaban de la pared cinco retratos al óleo de unos personajes, que no podían ser otros que los fundadores del bufete. El resto del espacio lo ocupaban estanterías de mueble inglés, llenas de libros, protegidos del polvo por puertas con cristales biselados, montados sobre unos marcos tan finos que parecía que apenas serían capaces de aguantarlos. Viendo la antigüedad de los libros, no quedaba claro si los cristales eran para que el polvo no los ensuciara o no los abandonase.

—Por favor, siéntese, Señor Sanias. En seguida lo atenderá el Señor Steinberg —dijo la última azafata de la cadena de personas que me atendió, pronunciando la palabra *señor* en un tono que exigía una mayúscula— ¿Quiere beber alguna cosa, señor Sanias? ¿Quizá un té? ¿Un café? ¿Un refresco?

—No, gracias —respondí, cansado de tanta ceremonia y, sobre todo, de que en cada frase repitiesen mi nombre, como si pensasen que yo ya no recordaba quién era. Los cursos sobre cómo tratar a los clientes, o lo que yo fuera allí, lesionan sobremanera la espontaneidad de un trato educado.

No habían pasado ni cinco minutos cuando apareció, por una puerta distinta de la que yo había usado para entrar, el citado Steinberg que, como era esperable, eran tres personas. Pensé en Cristo entre los dos ladrones, y no pude evitar que se me escapase una sonrisa, que debieron pensar que era de cortesía. Me intrigaba saber si Steinberg empezaría presentándose él y sus complementos, o si lo primero que iba a decir sería, otra vez, mi nombre.

—Soy Solomon Steinberg, abogado y socio de Sharman, Briggs y Asociados. ¡Bienvenido, señor Sanias! Mis ayudantes, Garfunkel y Simon, abogados.

Había marcado distancias con los pasantes, ayudantes, o lo que fuera aquel par de lacayos que se esforzaban en poner cara de no serlo, ya que a ellos no había otorgado el título de *señores*, solo el apellido desnudo, aparte del título profesional para que yo no pensara que iba a dejarse acompañar por alguien que no hubiera sido licenciado en derecho. Supongo que los presentó por ese orden para evitar ironías. Los dos colaboradores parecían tener como única misión acarrear los dosieres y documentos que, en aquel entorno, no hubieran encajado que los cargara el propio Steinberg.

Steinberg, que debería tener unos cincuenta años, parecía el prototipo de mano de hierro con guante de seda. Seguro que su padre y su abuelo también fueron importantes abogados. Se ataviaba no solo con la misma elegancia con que seguramente habían vestido sus ancestros, sino también de la misma manera, prescindiendo del hecho de que los años producen cambios en formas y estilos de los trajes, por más clásicos que sean. En cualquier caso, para no desentonar en aquel ambiente, no podía hacer otra cosa que vestirse de manera anticuada.

Al mirarle a los ojos recordé que había dos formas de impasibilidad: la inexpresiva, propia de las personas que parece que lleven una máscara, y la de quienes consiguen controlar todos los músculos del rostro, por minúsculos que sean, dándoles, como un pintor meticuloso, exactamente la expresión deseada. No es preciso que diga que el señor Steinberg era de los segundos.

Lo podía imaginar haciendo las propuestas más indignas o profiriendo las amenazas más terribles, poniendo la cara más conveniente para cada caso: de ogro aterrador, o de afable abuelita que aconseja a su nieto que se tire una sartén con aceite hirviendo por encima, porque será lo mejor para él. Pese a eso, era evidente que el hombre llevaba en sus genes una buena educación e, hiciese lo que hiciese, siempre lo haría con la elegancia de un *gentleman*.

Sus ayudantes rondaban la treintena. Se notaba que se esforzaban en imitar poses, indumentaria y actitudes del señor Steinberg, pero aún no habían logrado hacerlo con naturalidad. Era evidente que, para que los hubieran admitido en aquel prestigioso bufete, aunque fuera en calidad de pasantes, tenían que haber sido de los primeros de sus promociones, por supuesto, de alguna universidad de mucho prestigio. Era patente una distorsión entre la imagen que tenían que dar ellos dos allí, con la que debían mostrar los competitivos letrados de alto nivel de su misma edad, que trabajaran en otros bufetes: eran lo opuesto a la imagen de los jóvenes abogados agresivos que se muestran en las películas.

En Sharman, Briggs & Associates no se promocionaba a nadie que no siguiera el estilo de los fundadores, muertos ya hacía muchos años, pero que seguían vigilando, desde sus magníficamente enmarcados retratos al óleo, que nada cambiase para que no se modificase ni un ápice el objetivo del bufete: ser una institución que permanecería inmune a los cambios, siempre idéntica a sí misma, para que sus acaudalados clientes pudieran confiar en que, por los siglos de los siglos, velarían por el cumplimiento de sus últimas voluntades. Por eso, tenía suma importancia que fuese, y pareciese, una organización inmutable.

Después de unas cuantas frases de obligada cortesía, Steinberg me explicó el motivo por el que me habían hecho viajar desde Boston hasta los inicios del siglo XX. La propuesta parecía muy simple: tenía que escribir todo lo que vería que sucedía en un proyecto de investigación y, en especial, lo que estuviera relacionado con una persona que, para mí, era un multimillonario excéntrico, el propietario, entre muchas otras cosas, de la empresa en la que trabajaba mi esposa, la WWB.

Las condiciones estaban muy estudiadas: desde la confidencialidad absoluta, firmemente ligada por un contrato draconiano, hasta la obligación de evitar cualquier subjetivismo y narrar únicamente hechos y, en ningún caso, hacer valoraciones o apreciaciones personales.

Como he explicado al principio, yo estaba acostumbrado a escribir para los otros; pese a ello, el encargo me sorprendió por dos motivos: por la liturgia de la propuesta, hecha a través de aquellos abogados surgidos del pasado, y por la cifra que me ofrecieron por mi trabajo que, al oírla, no pude evitar una expresión de sorpresa.

—¿Cinco millones de dólares? Me parece una cifra extraña para un escritor como yo. ¿He entendido bien la cantidad?

—¿Le parece insuficiente? Ya sabe que todo es negociable en esta vida. Tenga en cuenta que, como verá al estudiar el contrato, que esa cantidad, si hay condiciones objetivas que alarguen el trabajo, aumentará en consecuencia.

—¿Está de broma, señor Steinberg?

—Señor Sanias: a veces utilizo la ironía, pero no puedo recordar que, en toda mi vida, haya bromeado ni una sola vez —respondió serio y con una mirada que dejaba bien claro que lo que decía era la pura verdad.

—No me parece poco. Me parece muchísimo dinero, si no es para hacer algo ilegal.

—Todo depende de la perspectiva. Para nuestro cliente, esta cantidad no tiene ninguna importancia. Por otro lado, resulta ofensivo que piense que nosotros podamos proponer algo ilegal. Señor mío, Sharman, Briggs & Associates tiene una reputación de seriedad, que es su principal activo. ¿Cómo puede pensar que íbamos a ponerla en riesgo incurriendo en ilegalidades?

—Discúlpeme —respondí fingiendo que me creía a pies juntillas que unos abogados como ellos nunca iban a proponer una ilegalidad—, solo era una forma de decir que es una cantidad muy elevada para el trabajo que me proponen.

—Ahora me hará la pregunta clave, ¿verdad?

—Si ya la sabe, me la puede responder —No quería ser descortés, pero tampoco dejarme intimidar con su aplomo.

—Por qué usted. ¿He acertado?

—Es cierto, ¿por qué yo?

—No hay una sola razón, como puede suponer. Nuestro cliente nos encargó que le seleccionáramos tres personas y le presentásemos sus tres dosieres. Elegimos entre más de quinientos posibles candidatos que, a priori, cumplían el perfil.

—¿Me investigaron sin mi consentimiento? —pregunté y, al momento, me arrepentí por haber dicho tal ingenuidad, completamente fuera de lugar.

—Todos los datos suyos que tenemos son públicos, o usted los ha puesto al alcance de todo el mundo. Además, ya sabe que los amigos y los conocidos siempre hablan mucho si se les da pie —contestó Steinberg con una ligera sonrisa de conmiseración—. Debería estar orgulloso de haber sido seleccionado entre tantos escritores. De los tres finalistas, nuestro cliente eligió su nombre.

—¿Puedo saber alguno de los criterios de selección que han usado?

—¡Faltaría más! No hay nada que esconder. Además, a partir del momento de la firma del contrato, usted y nosotros vamos a mantener una intensa relación que debe estar libre de desconfianza. Piense que seremos nosotros los que iremos autorizando los pagos, a medida que avance el trabajo encomendado —afirmó como si el que no hubiera nada que esconder o la confianza mutua fueran creíbles en aquel contexto y aquellas circunstancias. También quedaba claro que el *nosotros* significaba *yo*.

—¿Y si no les gusta lo que escribo?

—No se preocupe por eso. Nos entenderemos o, mejor dicho, se entenderá con nuestro cliente, ya lo verá. Nos hemos tomado muchas molestias para que la misma persona que empiece el trabajo sea la que lo termine.

—Entenderá que esté sorprendido...

—Nosotros lo entendemos todo. Bien, usted quería saber el motivo por el que había sido elegido.

—Me parece un interés muy natural.

—Intentaré resumírselo lo más brevemente posible. Necesitábamos que el narrador de los hechos que fuera una persona equilibrada, más buen profesional que imaginativo, ya que queríamos evitar que escribiera *su novela*; alguien que no tuviera el afán de protagonismo propio de los periodistas y escritores; habituado a no firmar lo que escribía; que fuera capaz de dedicarse a este proyecto en cuerpo y alma; que este dinero le resultaran importante para solucionarle la vida desde una perspectiva económica, y que, si las cosas iban mal, pudiera quedar afectada toda su economía familiar, ya que su esposa trabaja en una de las empresas de nuestro cliente...

—Eso suena un poco a...

—No estropee este encuentro, utilizando una palabra malsonante —me cortó—. Piense que nuestro cliente deposita mucha confianza en usted; pero también tiene que confiar mucho en el resto de personas que trabajan para él.

—No quería decir...

—Naturalmente, si usted rechaza ahora lo que le proponemos, esto no va a significar ninguna falta de confianza hacia su esposa y todo continuará igual con respecto a ella.

—¿Para cuándo necesitan la respuesta?

—Cuando haya leído el contrato y decidido que se puede comprometer a lo que le pedimos.

—Eso significa...

—¿Le parecería bien pasado mañana?

—Para decidirme necesito tener claro a qué me comprometo realmente, no en términos vagos o teóricos, sino en lo que representaría el día a día, no sé si me explico...

—Perfectamente.

—Imagino que para una persona como yo, sin ningún conocimiento legal, los términos del contrato serán un galimatías difícil de entender...

—Mire, señor Sanias, Sharman, Briggs y Asociados es un bufete que prioriza la claridad en la relación con personas ajenas al mundo del Derecho. Cuando nos dirigimos a abogados y tribunales, tenemos que hablar en su jerga, es normal, pero no la usamos fuera de ese ámbito. Imagino que ya sabe que las principales fortunas del mundo utilizan nuestros servicios para sus testamentos y para hacer cumplir sus últimas voluntades. Son personas a las que les gustan las cosas muy claras, y les desagrada profundamente que sus abogados, cuando hablan con ellos o les preparan documentos para que los firmen, utilicen términos pomposos, grandilocuentes o un lenguaje propio del mundo del derecho, para fingir que son muy buenos profesionales. No encontrará, en el contrato que le proponemos, nada que se esconda bajo una palabra altisonante, ya que, en el fondo, es un contrato que regula las obligaciones entre dos personas que no son abogados ni tienen relación con el entorno judicial: nuestro cliente y usted. Nosotros somos unos simples intermediarios. Podrá estar o no de acuerdo con las condiciones, pero todo está muy claro... además, podemos comentar cualquier duda que tenga.

—Se lo agradezco. De todas formas, no creo que las cláusulas del contrato sean tan importantes. ¿Podría hacerme un resumen de cuáles serían mis obligaciones? Como le dije, quiero saber a qué me comprometo.

—Le responderé con franqueza. Como se puede imaginar, nadie gana cinco millones de dólares sin hacer un esfuerzo considerable. Antes de la firma del acuerdo, le puedo dar pocos detalles del proyecto en el que va a participar, puesto que una parte muy importante del contrato hace hincapié en un compromiso de confidencialidad absoluta. De todas formas, le puedo decir que usted se incorporará a un proyecto ultrasecreto, que, se lo aseguro, nada tiene que ver con armas o cuestiones que le puedan suponer un conflicto ético. Todo es absolutamente legal. Su trabajo consistirá en escribir todo lo que sucede, no los aspectos científicos, claro, ya que para eso hay otros medios de registro, sino desde una perspectiva periodística o histórica, como prefiera llamarle. Hemos buscado una persona sin conocimientos técnicos sobre lo que se realizará, porque nuestro cliente quiere una crónica desde una perspectiva... llamémosle humana. Aparte de los aspectos generales, quiere un relato personalizado de la tarea que llevarán a cabo con el protagonista, es decir, con nuestro propio cliente. No puedo concretar más, excepto que deberá tener una disponibilidad total y absoluta. Durante dos años estará dentro de un centro tecnológico sin contacto con el exterior. Puede estar seguro de que tendrá todas las comodidades que quiera.

—¿Me está diciendo que no podré ver a mi mujer ni a ningún amigo?

—Su mujer podrá visitarlo todos los fines de semana y los festivos tradicionales, ya sabe, Navidad, Pascua, Acción de Gracias, vacaciones, etc. Tendrán toda la intimidad que quieran, con la única limitación de que no podrá contarle nada de lo que haya visto o hecho en su trabajo. Durante ese tiempo, su esposa tendrá a su disposición una persona para ayudarle en las tareas de la casa, para ir a la compra, para que le lleve el coche a cambiar el aceite, para que vigile la casa mientras el fontanero cambia un grifo... es decir, para hacer los recados que decida. Ella también deberá firmar una cláusula de confidencialidad que, naturalmente, se verá reflejada positivamente en su salario. Ahora desconozco la cantidad, pero ya ve que, a nuestro cliente, no le preocupan demasiado ese tipo de gastos.

—¿Saldré vivo de todo este lío? —pensé, pero las palabras se me escaparon del cerebro y me llegaron a la boca.

Steinberg se quedó callado durante un rato, mirándome, sin que ningún signo de contrariedad se reflejase en su rostro. Con una voz que parecía sincera, continuó:

—Le diré una cosa que le sorprenderá porque usted es una persona inteligente; incluso le diré que me sorprendo aún más a mí mismo por lo que voy a decirle, ya que nunca sale de mis labios una palabra de más, nada que no sea estrictamente necesario. Esta sala ha visto pasar a mucha gente; sobre esta mesa se han firmado acuerdos y últimas voluntades que nadie podría imaginar. Yo siempre he trabajado aquí y ya ve que soy una persona que tiene a sus espaldas años de oficio. Nunca se podría imaginar la cantidad de gente que he conocido, que son habituales de lugares tan exclusivos como el foro de Davos, por poner un ejemplo. He visto todo tipo de gente, porque el poder y el dinero no son fieles a ningún tipo de forma de ser, a ninguna raza, país o religión. Poder y dinero pueden ser compañeros de buenas o malas personas; de intelectuales y de verdaderos incultos; de gente de cualquier continente, de gente impulsiva o serena; de gente noble o de auténticos gusanos execrables. Si yo estuviera sentado en el otro lado de la mesa, tal como lo está usted, le aseguro, puede o no creerme, que me hubiera hecho la misma pregunta.

—Sé que no me la puede contestar.

—Mire, mi trabajo no es fácil —me dijo mirándome a los ojos de una manera que me hizo pensar que hablaba con sinceridad—. Aquí en Sharman, Briggs y Asociados tenemos un principio que nos ha hecho ser lo que somos: nunca mentimos. Eso no significa que digamos todo lo que sabemos o pensamos: sería infantil negarlo. Como sabe, nos debemos a nuestros clientes. Ellos saben que defenderemos sus intereses hasta el final, ya que pagar nuestros elevados honorarios es algo que muy pocos se pueden permitir. Cuando se convierten en nuestros clientes, sus intereses se convierten en nuestros intereses; pese a eso, puede creerme, lo único que no hacemos es mentir: sería traicionar el espíritu de la institución, lo que significa echar por tierra nuestra reputación. Hemos perdido clientes con cuentas multimillonarias por mantener ese principio. Por el contrario, eso nos ha permitido no solo ser un gran bufete de abogados, el más importante del mundo en nuestra especialidad, sino ser toda una institución muy respetada.

—Acepto que no va a mentirme, pero mi pregunta ha quedado sin respuesta.

—Porque no la tiene.

—¿Ni una suposición?

— Sharman, Briggs y Asociados no hace suposiciones.

—¿Y el señor Steinberg?

—Es señor Steinberg no es más que uno de los socios de Sharman, Briggs y Asociados.

—Le formularé la pregunta de otra manera. ¿El señor Steinberg le propondría algo a alguien, si supiera que esta persona pudiera tener muchas probabilidades de perder la vida por aceptarla?

—No.

—No me esperaba una respuesta tan clara.

—Si se hace la pregunta correcta, la respuesta tiene que ser clara.

—Me parece que esto es un lío del que me arrepentiré tanto si me meto como si no.

—Estas son las grandes decisiones de la vida que solo uno mismo puede resolver. Señor Sanias, usted, como ya le he dicho, es una persona inteligente y demuestra que nuestros investigadores conocen bien su trabajo al haberlo escogido para la terna.

—¿Por qué lo dice?

—Porque, para el trabajo para el que se le requiere, es de suma importancia el saber hacer las preguntas adecuadas. Escribir lo sabe hacer mucha gente.

—Supongo que en este momento ya sabe cuál será mi decisión.

—Si no fuera capaz de tener esa mínima intuición sobre las personas, puede estar seguro de que no sería socio de Sharman, Briggs y Asociados. No crea que es fácil sentarse en la silla en la que estoy.

—Estoy convencido de ello.

—Señor Sanias —volvió a mirarme los ojos aquel abogado que, cada segundo que pasaba, me parecía más lejano de la imagen de funcionario robotizado que me dio en el primer momento. Realmente tenía un cerebro muy bien amueblado, como era esperable en un socio de un bufete de la importancia de aquel—, le voy a explicar algo que no quiero que influya en su decisión.

—Es fácil de decir, pero, sea lo que sea lo que me vaya a decir, seguro que influirá.

—El proyecto en su conjunto lo conocen muy pocas personas. Mis colaboradores, aquí presentes, no saben de él más que la pequeña parte que necesitan conocer para hacer su trabajo.

—No suponía que… —intenté intervenir, pero él continuó sin hacerme caso. En este momento recordé que en la sala había dos personas más de las que ya no recordaba si se llamaban Rosencrantz y Guildenstern, Ben & Jerry o Johnson & Johnson: había olvidado su presencia, y aún más sus nombres. Ni habían abierto la boca, ni hecho ningún movimiento que indicara que seguían estando presentes. Parecía que ni siquiera respiraban.

—La mayoría de los científicos que colaboran tampoco saben cuál es el objetivo final del proyecto para el que investigan. Cada uno se dedica a su parcela y solo muy pocas personas, entre las que tengo el honor de estar, tenemos un conocimiento global del objetivo. Mucha gente ha estado construyendo las piezas de un puzle, pero son muy pocos, por el momento una veintena de personas, los que saben el dibujo que compondrán esas piezas una vez encajadas.

—¿Me está diciendo que yo sería una de esas personas?

—Le estamos ofreciendo que sea el cronista, Para ello usted tiene que conocer todos los detalles. No los técnicos que son sumamente complejos, naturalmente, pero, por supuesto, usted debe saber el objetivo final: el dibujo del puzle que se quiere componer.

—¿Saldré vivo de todo esto? —volví a preguntarme, pero las palabras huyeron esta vez de mi cerebro hacia mi boca en un tono más bajo que antes, de modo que no era necesaria una respuesta del señor Steinberg.

Punto de no retorno

Hoy hace dos años que estoy haciendo el trabajo para el que me contrataron. La relación con los compañeros es buena, y en menos de una semana desapareció el *señor Sanias*. Todos ya nos llamábamos solo por el nombre: para todo el núcleo del equipo yo ya era Pau.

Han sido dos años apasionantes que han pasado en un santiamén. Al final, no ha resultado tan engorroso como esperaba el no poder salir ningún día de nuestro pequeño poblado formado por laboratorios, apartamentos y edificios auxiliares, en donde hemos trabajado, vivido y realizado muchas actividades de ocio. No hemos tenido ninguna sensación de estar encerrados en una jaula de oro.

Hoy es 17 de abril de 2035. Podría parecer que George V. Winkle, o la directora de operaciones, Jean Kranz, hubieran elegido la fecha al azar, pero, como cualquier detalle, por pequeño que sea, la fecha también tiene un motivo.

Hoy, por primera vez en la historia, se realizará el proceso de escaneado a escala atómica del cerebro de un ser humano. El proceso en sí mismo no comporta riesgos, pero sí la preparación a la que deberá someterse el señor Winkle para que su cerebro sea escaneado, porque será necesario bajar la temperatura de su cuerpo hasta rondar el cero absoluto. Sí, es correcto, el cero absoluto, los cero grados Kelvin, los 273 grados centígrados negativos. Los 459 grados Fahrenheit negativos.

De esta manera, aparte de que todos sus procesos biológicos estarán detenidos, también el movimiento de sus átomos se reducirá al mínimo: es necesario para que la *fotografía no salga movida*, según me han explicado los científicos de una forma llana e intuitiva, para que yo pudiera entenderlo.

Enfriar a una persona no es tan simple como meter en el congelador lo que ha sobrado de la cena. El enfriamiento tiene que hacerse de forma homogénea y lenta, al mismo tiempo que se deben ir deshidratando sus células, para evitar que el agua que contienen las haga estallar como una lata de cerveza olvidada en el congelador. Tampoco es tarea fácil hacer bajar la temperatura de cualquier cosa (o persona) hasta un punto cercano al cero absoluto, ya que no hay un equivalente a un congelador que llegue a esos puntos extremos y, para ello, hay que recurrir a métodos muy complejos.

Hasta la actualidad, la *criónica* solo era una técnica que se aplicaba a pacientes en fase terminal avanzada o en muerte clínica reciente. Hoy se trata de *crionizar* a una persona en perfecto estado de salud, para hacerle un escáner especial sin ninguna finalidad terapéutica. Además, no se trata de una *crionización* como las realizadas hasta el momento, es decir, congelarla a la temperatura de ebullición del nitrógeno (menos 196 grados centígrados), sino, como he dicho antes, enfriarla muchísimo más, hasta cerca del cero absoluto, es decir, casi un centenar de grados por debajo, la distancias que hay entre el hielo y el agua hirviendo. Los científicos llaman al proceso de hacer bajar la temperatura corporal a la de ebullición del nitrógeno *crionización*, el que se acerca al cero absoluto recibe el nombre de *ultracrionización*.

Si hacer eso es un trabajo técnicamente muy complicado, aún lo es más recalentar el cuerpo para que vuelva vivo a la temperatura normal. Dentro del grupo de empresas WWB, hay algunas dedicadas a la *criónica* y, de sus departamentos de I+D se ha tomado la tecnología para la *ultracrionización*.

Mi trabajo no es explicar los detalles técnicos, pero sin esa pequeña explicación, sería difícil entender lo que voy a contarles. Mi labor es dejar constancia de lo que sucede y, en este momento, lo mejor es que les transcriba lo que el mismo George V. Winkle registró mientras esperaba que lo congelasen, mejor dicho, que lo *ultracrionizasen* (como todo el mundo, cuando piensa en voz alta, el señor Winkle va saltando de una cosa a otra. Lo he respetado al transcribirlo porque me parece que es un documento suficientemente importante para leerlo tal cual se grabó, sin intentar mejorarlo literariamente, ni organizar lo que dice):

«No negaré que estoy asustado. Tengo miedo, ya que quien no lo tiene, delante de una situación que pone en riesgo la vida, es idiota. No es la primera vez que he tenido miedo, una sensación que ayuda a defenderse, cuando se sabe racionalizar. El miedo solo avisa y hay que saber cómo utilizar esa alerta. Si paraliza o lleva a realizar actos absurdos (gritar, llorar, huir sin saber hacia dónde) es que algo funciona mal en el cerebro: la persona no ha sido capaz de educar sus neuronas para que le permitan un comportamiento racional.

»Hay gente que confunde una señal de alerta con una prohibición. Son dos cosas muy diferentes, incluso las señales de tráfico no son iguales en ambos casos: las primeras son triangulares, y las segundas, circulares. Quien ve un triángulo de precaución porque la calzada está helada y da media vuelta, nunca llega a ninguna parte. Tampoco los que no hacen caso de la advertencia y continúan sin extremar la prudencia ni disminuir la velocidad.

»Yo he tomado muchos riesgos en la vida. La mayor parte ha sido en los negocios. Cuando ha aparecido el miedo, me ha servido para extremar las precauciones, no para bloquearme, Sin tomar riesgos, no habría llegado a encabezar la lista Forbes, ni la *holding* de mis empresas, Winkle World Bionics, hubiera llegado a ser la primera multinacional del mundo.

»Aparte de los riesgos que he tomado en los negocios, siempre controlados y nunca alocados, como muestran los resultados, también los he corrido físicamente. El mismo hecho de vivir es un riesgo: si sales de casa, te puede atropellar un vehículo; si haces un viaje en avión, puedes estrellarte; si practicas un deporte, puedes lesionarte. De todas formas, no es lo mismo esperar, para cruzar una calle, a que se ponga verde el semáforo para los peatones, que cruzar en rojo; no es lo mismo viajar en una línea aérea de prestigio, que en una avioneta mal mantenida de un país poco fiable; no es lo mismo jugar al tenis, que escalar una montaña con mal tiempo en un lugar con riesgo de aludes. Eso no significa que no haya practicado deportes de los llamados de riesgo, pero siempre con prudencia y siendo muy consciente de que había unos límites muy claros que no había que traspasar, marcados por mis capacidades y las circunstancias.

»Con eso quiero decir que tan bobos me parecen los que les da miedo todo como los adictos a la adrenalina. Los primeros corren el riesgo de que después de malgastar su vida llenándola solo de aburrimiento, un buen día, una explosión de gas en la casa del vecino, provoque que una viga caiga sobre su cabeza; los segundos, nunca contentos compitiendo contra ellos mismos, corren el riesgo de aplastarse el cráneo contra una roca, si una pequeña ráfaga les desvía de su trayectoria cuando saltan en paracaídas desde una montaña.

»Ahora no tengo miedo ni por negocios ni porque esté practicando un deporte de riesgo. Temo por las consecuencias que pueda tener para mi vida ese escáner especial, que por propia voluntad, he decidido que me hagan. ¿Tenía otras opciones? La respuesta parece afirmativa. Podía, simplemente, no hacerlo. También podía buscar a alguien, necesitado de dinero o muy ambicioso, para que, pagándole una buena cantidad, ya que puedo hacerlo, se arriesgase en mi lugar.

»Hasta hoy se han hecho miles de pruebas con animales y los procedimientos se han ensayado cientos de veces. No soy tan idiota como para no haber minimizado el peligro, pero ahora, en el momento en el que estoy en esta sala que conozco hasta en sus más mínimos detalles, delante de una máquina que ha costado millones de dólares, en este momento en que, tumbado sobre una camilla, me acaban de poner una vía endovenosa para anestesiarme, en este momento, confieso que tengo miedo.

»Me quedan pocos minutos antes de que venga el anestesista y empiece a ponerme su coctel de fármacos para hacerme perder la consciencia. Me vienen a la memoria todas las luchas y todos los equilibrios que hemos tenido que hacer para llegar hasta aquí, pese a que casi nadie sabe el objetivo final de este programa de investigación, aparte del núcleo del equipo. Ha habido que vencer resistencias y fanatismos, y eso que aún no es público el alcance completo del proyecto.

»El reloj que está colgado en la pared me indica que no han pasado ni tan solo cinco minutos desde que he empezado a grabar estas reflexiones. Se ha hablado mucho de la hipermnesia antes de la muerte, aunque no hay ningún estudio que lo confirme. Lo cierto es que, en situaciones de peligro, uno se pone a pensar o recordar cosas que pudiera parecer que no tenían importancia: un símbolo de ello ha sido *Rosebud*, el nombre del trineo de Charles Foster Kane en la inolvidable película de Orson Welles.

»De todas formas, siempre podemos encontrar una razón para recordar: ahora lo hago porque estoy delante de una experiencia que puede cambiar toda mi vida.

»Desde el punto de vista de la lógica, correlación no implica causalidad, lo sé muy bien. Pero todo lo que me ha sucedido en la vida, siempre me ha parecido que no hubieran podido ser de otra manera. Cada cosa llevaba a la siguiente, como si, para mi vida, correlación supusiera consecuencia.

»Si algo compartimos todos los humanos, aunque algunos se nieguen a reconocerlo, es el deseo de inmortalidad. Por eso hemos inventado todo tipo de religiones y nos empecinamos en alargarnos la existencia, destinando enormes recursos a la sanidad. De todas maneras, el mito de Títono nos ayuda a que veamos la muerte como algo menos horripilante. Envejecer es degenerar, y eso nos rebaja el temor al punto final de la vida, igual que con enfermedades que nos hacen sufrir mucho. Quisiéramos ser eternos, pero sanos.

»¿El mito de Fausto? No. Fausto vendió su alma al diablo para permanecer joven, pero si vendió el alma, estaba claro que en algún momento tendría que entregarla y, para ello, debería morir. Ni Títono ni Fausto: el mito de todas las religiones, es decir, la resurrección, la vida eterna con el cuerpo en el momento de su máxima plenitud.

»¿Podía no estar aquí? Imposible. No me estoy contradiciendo con lo que he dicho antes sobre que tenía otras opciones. Eran solo opciones teóricas, no vitales. Con todo el dinero que poseo y con toda la tecnología que tengo a mi alcance a través de mis empresas y mis departamentos de I+D, ¿alguien puede dudar que no aspire a conseguir lo que todo el mundo quiere y solo lo encuentra en las religiones?

»Yo, como todo el mundo, quiero vivir eternamente en condiciones de salud y juventud. Yo, a diferencia de los demás, tengo la opción de hacerlo sin inventar dioses, reencarnaciones ni pactos con el diablo.

»El anestesista y sus ayudantes ya están a mi lado y empiezan su trabajo: en pocos segundos me inyectarán los fármacos que me mantendrán dormido durante todo el proceso de congelación, escaneo y descongelación. Pasarán algunas horas antes de que, si todo va bien, vuelva a despertarme y pueda saber si el resultado ha sido el que deseaba. Si no vuelvo a despertarme de esta *crionización*, nunca sabré si he fracasado... ¿o quizás sí?».

Hasta aquí la grabación. Ahora George V. Winkle ya duerme y el experimento ha empezado.

Mentiría si dijera que todo el mundo está tranquilo. La única que nunca sabré si lo está es la imperturbable Jean Kranz. Si no lo está, en su caso, la procesión va por dentro.

A partir de ahora están todas las opciones sobre la mesa, pero para Kranz, fallar no es una de ellas.

Cinco días más tarde

Ya hace cinco días que le hicieron el escáner al señor Winkle y todos nos hemos sentido aliviados de la tensión sufrida, cuando esta mañana ha recuperado la conciencia. Los neurólogos han dicho que su cerebro no había sufrido ningún daño.

Aunque yo solo sea el cronista, las últimas noches casi no he conseguido dormir. En realidad, nadie del equipo ha dormido, aunque ha sido una incógnita si la imperturbable Jean lo ha conseguido.

Como esto es un simple resumen, no explicaré nada sobre el día a día de nuestra pequeña comunidad. Solo mencionaré una reflexión que nos hizo ayer nuestra directora de operaciones, la inefable Jean Kranz, la única persona que creo que es insustituible de todo el equipo del Objetivo Gutenberg, aparte, por supuesto, del señor Winkle, impulsor, financiador y protagonista del proyecto.

Jean nos ha comentado que había calculado que el proyecto se había llevado a cabo con el trabajo de más de veinte mil científicos de todo el mundo; muchos de ellos contratados por las empresas de WWB. Otros trabajan en universidades o en otras instituciones de investigación. Ninguno de ellos ha tenido la menor idea de la existencia del Objetivo Gutenberg, ni de que su trabajo ha sido necesario para hacerlo posible. También nos ha explicado que, aparte de los científicos, en nuestra pequeña aldea, trabaja más de un centenar de personas haciendo labores de limpieza, mantenimiento general de las instalaciones o de los sofisticados instrumentos, informáticos, contables, administrativos, cocineros o jardineros. Los veinte mil científicos, ni tan solo sabían de la existencia del proyecto y el centenar que trabaja en nuestro campus, tampoco saben lo que hemos hecho en él. Tampoco saben que existe algo llamado Objetivo Gutenberg. La construcción de la pantalla que ha ocultado el proyecto ha sido uno de los grandes éxitos de Jean.

Reflexionar sobre esto da vértigo. ¿A cuántos objetivos contribuimos, a lo largo de nuestra vida, sin saberlo, solo por no tener una visión de conjunto?

¿Cuántas veces hemos sido peones de una partida de ajedrez, sin conocer a los jugadores o sin ni tan solo saber que éramos piezas que estábamos sobre un tablero? Es posible que muchas veces no sepamos que nuestros movimientos están limitados por unas reglas cuya existencia desconocemos. Nuestra partida de ajedrez solo era conocida por una veintena de personas y yo era el que la narraba. Aparte del grupo de los veinte, los demás ni tan solo sabían que se estaba jugando una partida.

Con lo dicho hasta aquí, ya sabemos que la primera fase era escanear con una resolución de nivel atómico el cerebro de George V. Winkle, con un altísimo riesgo por la *ultracrionización* necesaria para que se pudieran detener los movimientos de sus partículas elementales.

Algunas de las empresas de WWB estaban investigando sobre sistemas de escaneo de altísima resolución que hicieran posible «ver» cada uno de sus átomos. Esta tecnología, que aún no se comercializaba por estar en fase experimental, se usó en el proyecto, aunque los investigadores que la desarrollaban no lo sabían.

Ya nadie recuerda aquellos negatoscopios que utilizaban los médicos para ver las radiografías a principios del siglo XXI. Ahora no son más que imágenes, tridimensionales en muchos casos, visibles en una pantalla o como hologramas. Las radiografías de celuloide han dado paso a archivos de datos que, como tales, pueden ser copiados, enviados y visualizados en cualquier equipo que tenga el programa adecuado.

Nuestro escáner de resolución atómica, aprovechando que cualquier movimiento, no ya de las células y sus corpúsculos, sino de las propias moléculas dentro del cráneo de Winkle se había prácticamente detenido, ha creado un archivo que es una exacta representación del mismo.

Un ejemplo: se «veían» las moléculas de serotonina que en aquel momento estaban siendo *recaptadas* por una neurona. Todo esto ha sido capaz almacenarse en forma de bits, como las letras escritas con un procesador de textos.

El conjunto de todos esos datos es el reflejo exacto, la representación fiel del cerebro del señor Winkle en aquel momento: los recuerdos que tenía almacenados en sus neuronas, sus habilidades, sus conocimientos, sus emociones y, sin tener demasiado claro en donde se encuentra, su consciencia, en definitiva, su yo.

No creo que se necesite mucha más explicación para que el lector imagine lo que sigue. Ya hemos tenemos un archivo informático, una copia exacta de todo lo que hay en el encéfalo de Winkle. Este archivo es como una fotografía de billones de píxeles de su cerebro, que es lo mismo que decir del señor Winkle. Naturalmente, estamos hablando de archivos inmensos, pero, en la actualidad, manejar estas cantidades de memoria ya no es impensable como lo podía ser hace tan solo una década.

Hasta aquí, la primera parte exitosa del proyecto: obtener la información. Hemos triunfado. Tenemos el archivo.

Noventa días más tarde

Han pasado tres meses desde que el señor Winkle despertó y yo estoy a punto de poner punto final a este resumen.

La primera batalla está ganada, pero la guerra continúa. A nadie se le escapa que tener un archivo de Word es no tener nada. ¿De qué me sirve tener un archivo llamado, por ejemplo, *muchascosas.docx* si no tengo un programa para leerlo y una impresora para imprimirlo?

En este momento tenemos los datos del cerebro de Winkle y un sofisticado programa de visualización en 3D que nos permite enseñarnos su cerebro y, haciendo un zum, ver células, ribosomas o incluso moléculas que forman el ADN de los cromosomas. Podemos ver las uniones sinápticas y también podemos hacer simulaciones para observar, por ejemplo, cómo se encajan, si añadimos la representación de unas moléculas de dopamina; simulación tan sofisticada que incluye tanto su forma espacial, como los campos eléctricos que las hacen interaccionar de una u otra forma.

Pero las imágenes que representan su cerebro no son su cerebro, son solo imágenes en una pantalla u holografías. Son una fotografía muy detallada de la persona, es cierto; pero no son la persona.

Para el paso siguiente, en la actualidad aún no existe la tecnología necesaria: imprimir este archivo en 3D. Imprimir significa reproducir exactamente el cerebro escaneado y que empiece a funcionar de forma autónoma.

No pretendo hacer una historia de las impresoras 3D, pero es evidente de que desde aquellas máquinas primitivas que imprimían con materiales plásticos un jarrón o con chocolate la reproducción de la montaña de Rushmore; aquellas otras que habían evolucionado consiguiendo que con cabezales que vomitaban colágeno y elastina, mientras por otros salían células ya cultivadas para sembrarlas más o menos aleatoriamente, construyendo tejidos; hasta las que actualmente consiguen construir un hueso con toda su complejidad, hasta llegar a las que, en una de las empresas del grupo WWB han conseguido imprimir órganos tales como un riñón; desde aquellas máquinas primitivas, repito, hasta las actuales, ya vemos que hay una distancia muy considerable.

De todas maneras, cuando imprimimos un riñón que después se implantará a un paciente para liberarlo de la condena a la diálisis, somos conscientes de que los riñones de cualquier persona son, problemas de rechazo aparte, intercambiables. Incluso, dentro del mismo riñón, una nefrona es igual a otra y también ellas podrían cambiar su posición sin afectar a la funcionalidad. Tampoco afecta nada lo que sucede en el interior de cada célula, siempre que el funcionamiento general sea el correcto. Las distintas células no contienen una información relevante que las haga únicas.

Esa es la gran diferencia con el cerebro. No solo no hay dos cerebros idénticos (serían dos yo), sino que las diferencias son minúsculas, tan pequeñas que no lo son a escala celular, sino atómica. Por ello fue imprescindible crear una forma tan precisa para escanear el cerebro: una minúscula diferencia en la posición de una molécula y aquel cerebro ya no sería el yo del señor Winkle, sería otro cerebro.

Supongo que ahora entenderán el nombre del programa: Objetivo Gutenberg. No solo queríamos obtener todos los datos de un cerebro, en ese caso el de Winkle, sino que la finalidad era reproducir materialmente estos datos, imprimirlos. A pesar de todos los millones invertidos, lo de que nadie se puede adelantar a su tiempo, sigue siendo realidad. Todavía no ha llegado el momento en el que la impresión de un cerebro con una impresora 3D es posible.

Así pues, el equipo, consciente de que aún no existe la tecnología suficiente para hacer ese tipo de impresión, ha hecho varias copias de los datos del cerebro del George V. Winkle y las ha almacenado en lugares muy seguros, acompañándolas de toda la documentación necesaria para que, cuando en un futuro exista la tecnología apropiada, se pueda reproducir su cerebro. Después, el equipo se ha dispersado y mi cuenta ha aumentado en cinco millones de dólares.

Disuelta la pequeña aldea en la que hemos vivido dos años y medio, ha quedado un conjunto de descripciones científicas de la metodología empleada, unos manuales informáticos sobre el manejo de los archivos y los propios archivos que eran la imagen exacta del cerebro del señor Winkle. Junto a todo esto, también está la crónica que he escrito.

Estos archivos del escáner tienen todos sus conocimientos, toda su memoria, todas las habilidades, todos sus sentimientos y su personalidad, en una palabra, el yo de Winkle el día en que fue escaneado su cerebro. Puede que algunos, incluso, dirían que su alma.

A partir del momento en que se despertó de la anestesia, su cerebro continuó modificándose con nuevos conocimientos, nuevos recuerdos, nuevas experiencias, en fin, todo fue cambiando como se modifica el cerebro de cualquier persona en cada minuto, pero lo que estaba guardado ya era inmutable.

Si aquello se iba a poder imprimir algún día, algo que nadie del equipo dudaba, el señor Winkle sería la primera persona inmortal de la historia de la humanidad.

Mientras recojo mis cosas para volver a mi casa después de dos años, he recordado el mito de Títono, y un escalofrío ha recorrido mi cuerpo.

2 Asesinato o suicidio

Solomon Steinberg

Me llamo Solomon Steinberg y soy socio del reputado bufete Sharman, Briggs & Associates que fue fundado a mediados del siglo XIX, especializado en herencias, fideicomisos y en hacer de albaceas para controlar el cumplimiento de las últimas voluntades de los multimillonarios. Trabajo aquí desde el año 2010. Entré con 25 años y ahora tengo 75. En los 50 años que he estado trabajando en el bufete, empezando de pasante y, siguiendo todos los pasos del escalafón, hasta llegar a ser socio, el sueño de todo joven abogado que entra en esta institución, pero que solo muy pocos lo consiguen, he visto todo tipo de conflictos familiares: cosas que nadie podría imaginar que sucedieran entre parientes de primer grado; pero cuando hay muchísimos millones de dólares en juego, sucede de todo, desde las amenazas o chantajes más execrables, hasta asesinatos, es decir, gente derramando sangre de su propia sangre.

Pensaba que lo había visto todo o, como mínimo, que a mi edad no habría ningún caso que no supiera cómo abordar, hasta que, hace unos meses, se me presentó un extraño reto profesional.

Estaba a punto de entrar en la sala de reuniones, tal como lo había hecho centenares, quizás miles, de veces, para resolver un conflicto entre dos partes. Confieso que, por primera vez, estaba más perdido que un recién licenciado en Derecho al que le hubiera tocado, como su primer caso en el turno de oficio, defender al asesino de un Presidente de los Estados Unidos.

Cuando las partes enfrentadas son clientes de nuestra institución, hay una dificultad sobreañadida, pero siempre se ha llegado a acuerdos y nosotros nunca hemos tenido que abandonar a una de las partes por conflicto de intereses.

El caso al que me tenía que enfrentar en los próximos minutos era diferente. No se trataba solo de que las partes enfrentadas fueran dos clientes nuestros: las partes enfrentadas eran la misma persona.

Cuando nuestro cliente tenía 35 años, decidió hacer un modelo de su cerebro, un escaneado a nivel atómico del mismo. En aquel momento no había la tecnología de impresión capaz de convertir los archivos informáticos en un nuevo cerebro operativo, es decir, con células vivas. En esos veinte últimos años, el salto tecnológico ha sido impresionante. Se han desarrollado bioimpresoras capaces de reproducir cualquier órgano humano: solo se precisa tener el archivo informático adecuado con todos los datos, y las sofisticadas bio-impresoras tridimensionales (BI-3D) se encargan de hacer una reproducción idéntica al original escaneado.

Según me han informado, cada órgano necesita un grado de resolución, y el más complejo es el cerebro, que necesita una resolución a nivel atómico: eso significa reproducir exactamente el cerebro de una persona con todos los recuerdos, conocimientos y sentimientos que tenía en el momento en el que fue escaneado.

Debido al riesgo de este escaneado, que exige una previa *crionización* extrema, cercana al cero absoluto, este procedimiento se ha realizado una sola vez: el señor Winkle, el promotor, ideólogo y financiador del proyecto. Cuando se hizo público el proceso realizado, debido a los riesgos elevados que implicaba la *ultracrionización*, se prohibió que fuera repetido en la misma u otras personas. Por este motivo, el único cerebro escaneado a nivel molecular y, por lo tanto, la única persona de la que se poseen archivos de los datos de su cerebro, es del señor George V. Winkle. Así pues, solo a él se puede reproducir, lo que sucedió hace unos meses (la bio-impresión del resto de órganos es una técnica que ya se utiliza con éxito desde hace treinta años; por ello también se ha impreso el resto de su cuerpo, una reproducción exacta suya de cuando tenía esa edad).

Hasta aquí, ningún problema, excepto que el señor George V. Winkle, después de que le hiciesen el escáner, como era esperable en una persona joven y sana, despertó de la anestesia, y siguió con su vida normal. El resultado es que ahora tenemos a dos señores Winkle: uno con 35 años y otro con 60.

Ambos eran, y son, nuestro cliente y estaba a punto de reunirme con ellos: este era el motivo de mi desconcierto, ya que no tenía ni idea de cómo abordar el litigio.

—Buenos días, señor Winkle —dije al que llegó primero e hice pasar a mi despacho. Era el que había sido impreso recientemente.

—Buenos días, abogado Steinberg, un placer verlo después de, según me dicen, unos veinticinco años. Para mí, hace solo una semana.

—Si le parece, vamos a ver al señor Winkle que nos espera en el otro despacho.

—Es decir, a mí mismo dentro de veinticinco años después.

—Claro, claro —le contesté porque no podía poner en cuestión que fuesen la misma persona.

Entramos en la sala de reuniones en la que estaba el otro George V. Winkle, pero con un cuerpo y mente correspondiente a su edad: 60 años. Los dos Winkle, o mejor dicho, Winkle en sus dos versiones, se saludaron muy fríamente, sin siquiera darse la mano, mientras que la versión que podríamos llamar Winkle 60 (por su edad actual, para diferenciarlo de Winkle 35, por la edad en la que lo escanearon) a mí me saludó cordialmente.

Los muchos años de oficio estimulan la intuición para saber cuándo hay que preparar un acercamiento a base de unos prolegómenos de cortesía, o cuando es mejor entrar directamente en materia. En este caso, estaba claro que había que tomar la segunda opción.

—Señores, les voy a ser franco. Como pueden suponer, nunca me había encontrado en una situación parecida a esta. Si no tienen inconveniente, les sugiero que acepten una forma de actuar por mi parte, que saben bien que no es la habitual —improvisé. Hice una pausa para ver si alguno de los dos decía algo: silencio.

—En una reunión habitual, cada parte está a un lado de la mesa y yo, como mediador en el centro. Cuando hablo con una de ellas, los miro a la cara y me dirijo a ellas por su tratamiento y apellido. Hoy hablaré siempre mirando al frente y me dirigiré a ambos como señor Winkle. Espero que esto deje clara mi equidistancia, ya que considero que ambos son la misma persona. Naturalmente, ustedes pueden intervenir cuando lo crean conveniente, ya sea dirigiéndose al otro lado de la mesa o a mí —expliqué satisfecho por no haber caído, hasta ahora, en ningún error lingüístico que implicase que reconocía que eran dos personas—. ¿Les parece bien?

Silencio de asentimiento. Hice una pausa antes de continuar.

—Nosotros, Sharman, Briggs y Asociados, consideramos que tenemos la representación legal del señor Winkle, sea cual sea su edad, hasta que no la revoque. En ningún caso aceptaremos que una parte diga que la otra no es cliente de nuestra institución. Si una parte desea ser representada por otro bufete, no tenemos el menor inconveniente y le facilitaremos a sus nuevos abogados toda la documentación que obra en nuestro poder, porque es propiedad de cualquiera de las partes. Si les parece, podemos empezar.

No fui interrumpido durante toda la explicación. El conflicto era tan simple en su planteamiento como difícil lo era su solución. Ambas partes, ya que no las dos personas, porque eran una, se consideraban propietarias de la fortuna Winkle que, veinticinco años más tarde, seguía encabezando la lista Forbes. La propuesta más viable era dividir la fortuna: eso hubiera sido una solución fácil, pero el problema era saber quién gobernaría el imperio Winkle, la WWB. El dinero se puede repartir, el poder no. Ese era el primer problema.

El segundo era que Winkle-60 se había casado con Kimberly Knaves y había tenido un hijo que ahora tenía veintiún años. Kimberly era una mujer ambiciosa, obsesionada en proteger la herencia y el estatus de poder de su hijo, para que fuera una de las personas más poderosas del mundo y, esto no lo quería compartir con Winkle-35. Winkle-60 apoyaba a su mujer y, como es natural, a su hijo.

El cerebro de Winkle-35, naturalmente, no podía guardar en su memoria, ni recuerdos, ni sentimientos hacia Kimberly ni a ningún hijo, ya que esas dos personas aún no habían aparecido en la vida de Winkle cuando se escaneó su cerebro y, por lo tanto, ninguna huella podía haber.

—Hemos estudiado a fondo el problema y, lamentablemente, hemos llegado a la conclusión de la imposibilidad de encontrar una solución basada en el Derecho. Por supuesto que, como imaginan, no hay jurisprudencia, ni ningún antecedente parecido, ni leyes aplicables a una situación tan nueva —seguí explicando sin ser interrumpido y sin que abandonasen ninguno de los dos su hieratismo inexpresivo—. Cuando en Derecho no hay solución, solo queda la solución de llegar a un acuerdo, ya que el galimatías jurídico en el que entrarían, como no hay preceptos claros, sería una serie interminable de pleitos que duraría tanto tiempo, que a ninguna de las dos partes interesaría y que podría poner la WWB en manos de una administración judicial, los muchos años que durase el litigio, que perjudicaría gravemente la gestión de la propia WWB.

Silencio, como respuesta a mi pausa.

—Después de analizar las opiniones de los mejores expertos en las disciplinas relevantes para el caso, desde neurólogos hasta informáticos, hemos llegado a la conclusión unánime los socios de la institución —los socios siempre nos referimos al bufete como *la institución*— que las dos partes presentes son la misma persona. No nos parecen válidos los argumentos acerca de si una de las partes tiene en su cuerpo mayor o menor número de elementos impresos, ya que eso nos llevaría al absurdo de que, por ejemplo, a una persona a la que le hayan implantado un corazón impreso o biónico sería menos sujeto de derecho que alguien que lo tuviera de nacimiento.

Nueva pausa y el silencio siguió sin romperse. En algún momento, si no hubiera tenido claro lo mucho que estaba en juego, habría podido pensar que ni siquiera me escuchaban.

—Descartada cualquier relevancia del contenido impreso de cada cuerpo, nos queda, como es natural, el cerebro. Para que nos entendamos, hablaré del cerebro-35 y del cerebro-60, para referirme a los dos cerebros de las partes en conflicto. Insisto en que hablo de cerebros, ya que no entendemos que haya dos señores Winkle distintos, pero no negamos la evidencia de que, ahora, en esta sala, hay dos cuerpos con un cerebro cada uno. Insisto, dos cuerpos, pero una sola persona —expliqué con una sonrisa no fingida, motivada tanto porque con la distinción de los dos cerebros me libraba del cuidado que tenía que tener con cada palabra para no hablar de dos personas, como porque me vino la imagen de la Santísima Trinidad. Para acabarlo de complicar, pensaba, podríamos acercarnos a la imagen trinitaria incorporando al tinglado al hijo de Winkle-60, pensando que, si los dos Winkle eran la misma persona, el hijo sería de los dos, ya que los cromosomas paternos eran idénticos. Genéticamente, era incuestionable, pero como ese tema no se había puesto todavía sobre la mesa, lo mejor era no complicar más las cosas de lo que ya lo estaban.

Nueva pausa y nuevo silencio, que consideré como una invitación a continuar. Antes de seguir, bebí un poco de agua que me serví de la jarra que había en una pequeña bandeja de plata, junto a la que había una estilizada copa de fino cristal. Bandeja, copa y jarra tenían grabado el escudo de la institución (Sharman, Briggs & Associates no podía ser tan vulgar como para tener un logotipo: tenía un escudo).

Los Winkle no habían tocado sus jarras de agua, ni tampoco habían aceptado ninguna de las otras opciones que les había ofrecido la azafata al iniciarse la reunión.

—Les decía que, descartado el cuerpo para establecer cualquier preeminencia, nos tenemos que centrar en los cerebros. Las dos partes, es decir, los dos cerebros, son clientes nuestros. El cerebro-35 porque, en el momento de ser escaneado, nos proveyó de una cantidad suficiente para hacer frente a nuestros honorarios para que defendiéramos sus intereses, al tiempo que firmó un documento en el que decía que esa decisión era irrevocable, incluso por él mismo, en el futuro. El cerebro-60 también es cliente nuestro porque ha decidido continuar otorgándonos su confianza. No es la primera vez que hay partes con intereses enfrentados y que ambas son clientes nuestros. Como antes les he explicado, hasta el presente, eso no ha supuesto nunca un problema. Tenemos un protocolo que especifica muy claramente la conducta a seguir y las opciones que les ofrecemos a nuestros clientes en esos casos; pero en ese caso tan singular, ese protocolo es inaplicable.

Empecé a explicarles los motivos que nos llevaron a concluir que ninguno de los dos cerebros tenía una preminencia sobre el otro. Por un lado, el cerebro-60 no se podía considerar una evolución del cerebro-35, ya que había habido una solución de continuidad, sino que era la evolución del cerebro que se despertó tras la anestesia después de escanear el cerebro-35. En consecuencia, no tenía derecho a desdecirse o anular ninguna decisión del pasado del cerebro-35, como cuando alguien modifica un testamento otorgado años atrás.

El otro argumento era que, si uno era el original y el otro era una copia, tendría preferencia el original: no era el caso. El cerebro-60 era el mismo señor Winkle que antes de ser escaneado, por lo que debía asumir los compromisos que él mismo había tomado en el pasado. Ambos estaban formados por neuronas, uno, idénticas a las del momento del escáner y el otro fruto de la evolución de los años. Los dos cerebros pertenecían a un ser vivo y, como lo que otorga identidad al ser humano es el concepto de yo, ambos eran tejido cerebral genéticamente idéntico, aunque en dos estados de evolución diferentes. Ningún histólogo hubiera podido decir si una neurona de uno de ambos cerebros era *original* o impresa: eran idénticas.

Acabada la exposición, y viendo que no hacían ninguna pregunta ni comentario, concluí tal como había empezado: la única vía factible era el pacto.

Tomó la palabra Winkle-60:

—Señor Steinberg, creo que han hecho ustedes un magnífico trabajo y que su exposición ha sido, como siempre, excelente. Ha conseguido que en ningún momento nos tratase o se refiriese a nosotros como dos personas, por lo tanto, entiendo y acepto, con usted como testigo, que somos el mismo —afirmó tranquila y educadamente Winkle-60, mientras abría el portafolios que había dejado sobre la mesa y, sacando del mismo una pistola, apuntó a la cabeza de Winkle-35 y disparó dos balas—. Como le he dicho, señor Steinberg, me ha convencido de que somos la misma persona y he decidido suicidarme.

El señor Winkle-60 volvió a guardar la pistola y, con la misma tranquilidad se levantó y, al llegar a la puerta, me dirigió una ligera inclinación de cabeza y me dijo:

—Ha sido una agradable e instructiva reunión y, como siempre, escuchando sus argumentos, se me aclaran las ideas. Le deseo que pase un buen día, señor Steinberg.

Abrió la puerta y se fue como si nada hubiera pasado.

Normalmente era yo quien, en aquel escenario de la sala de reuniones de la gran mesa de caoba, sorprendía a los clientes. En esta ocasión, un cliente me había sorprendido a mí. Por primera vez, las paredes de aquella bicentenaria institución albergaban el cadáver de una persona con dos tiros en la cabeza, asesinado o puede que consecuencia de un suicidio.

Un contratiempo que, probablemente, preocuparía mucho a Hudson, una especie de mayordomo que cualquiera diría que tenía la misma edad que el bufete: era el responsable de coordinar al personal de limpieza, suministros y mantenimiento, que allí recibía el nombre de "el servicio". La misión de Hudson era que todo estuviera siempre a punto, lo que significaba que estuviera igual que el día, el mes, el año o el siglo anterior.

¡Pobre Hudson! ¿Cómo conseguiría que mañana no hubiera ni una sola mancha de sangre ni en la mesa ni en la alfombra iraní? Sharman, Briggs & Associates no se podía permitir que un sencillo incidente como aquél produjera cambio alguno en su escenario inmutable. La sala de reuniones tenía que estar inmaculada, como todos los días desde hacía doscientos años.

Guadalupe Esmís

Me llamo Guadalupe Esmís. Tengo veintiocho años y me casé hace seis. Cuando tuve el segundo hijo, dejé el curro de cajera en Walmart y me dedico a lo que me gusta, a cuidar de mi familia. Mi hombre trabaja en un taller de pintura de coches y con lo que gana vamos tirando. Ni a él le gusta que yo curre fuera de casa, ni a mí me apetece estar todo el día pasando mierdas por la lucecita roja esa de leer códigos, que ya me tenía quemada. No tenemos lujos, pero no nos podemos quejar. Además, a Nelson siempre le sale algún trabajo extra, que nos da algo más de pasta.

Me ha tocado ser la presidenta del jurado que juzga a ese Winkle por haber matado a otro Winkle. Tener que venir aquí ha sido un follón para mi trabajo en casa. He tenido que pedirle a mi madre que me echara una mano con los niños y le dejara hecha la comida a Nelson y a los pequeños para cuando volvieran a casa a cenar. Al mediodía él come en el trabajo y los niños en la escuela, pero desayunan y cenan en casa. Lo de la cena lo he solucionado con mi madre, pero lo del desayuno ha sido más complicado. Nelson no se aclara con lo que hay que preparar a los chicos por la mañana, y menos para vestirlos. En fin, pensé que iba a ser solo un día.

Al principio me pareció divertido hacer de jurado como en las películas. ¡Joder! Nunca me había visto tratada como si fuera una persona tan importante. Luego ha llegado la puta realidad: esto es un coñazo.

El juez nos ha dejado muy clarito lo que teníamos que hacer. Solo teníamos que contestar a las preguntas que él nos había dado por escrito: que si el Winkle asesino era culpable o no.

La cosa ha empezado a ser un mondongo cuando los abogados han querido comernos el coco y liarnos diciendo un montón de chorradas. A partir de un momento, ninguno de nosotros sabía de qué iba la vaina. Luego, nos hemos retirado a deliberar y todos me preguntaban a mí. Decían que como yo era la presidenta, tenía que aclararles esto y aquello, y que si no sabía cómo hacerlo, que se lo preguntara al juez.

Al principio, el juez lo puso muy facilito, pero luego, cuando quiso explicarse más, la lio. Que debíamos decir si el asesino ese era culpable o no, lo entendimos todos muy bien, pero luego empezó a rallarnos diciendo que era importante que decidiésemos si eso era un asesinato o un suicidio. ¿Un suicidio? No entiendo que, tanto que estudian, no sepan lo que es un suicidio.

Desde luego en las películas todo parece más fácil, pero a la que te metes en el *fregao*, todo se va enfollonando.

Si me hubiera tocado un caso normal, me lo hubiera pasado bien, no sé, algo así que un hombre mata a su mujer por celos o un ladrón que ha disparado a un tendero cuando iba a atracarlo. Las cosas que pasan todos los días.

La verdad es que me he aburrido mucho. El fiscal y los abogados solo hablaban y hablaban de cosas que nada tenían que ver y, encima, el juez no los cortaba.

Le daban vueltas y vueltas a si el muerto era el mismo que había disparado. ¡Nadie me dirá que eso es normal! Hubo un momento en el que me pareció que nos tomaban el pelo, pero creo que se liaron porque el muerto y el asesino se llamaban igual.

Cuando alguien se suicida, no se juzga al muerto. Si se juzga al que lo ha matado, es que no es un suicidio. Pues bueno, eso que es tan sencillo, al final no lo ha sido para algunos miembros del jurado que se han dejado liar por lo que decían los abogados y luego por un montón de listillos, peritos, los llamaban, que han venido a hacerse los *guais* como queriendo darnos clases de informática y de cosas de medicina. ¡Ya somos mayorcitos para que nos den clases! Además, no había manera de comprender lo que decían. Usaban palabras rarísimas para hacerse los interesantes y cuando decían «voy a poner un ejemplo para que se entienda», lo que seguía ni tenía nada que ver con el asesinato ni aclaraba nada.

Al principio intenté escucharlos a todos, pero como en seguida vi que no decían más que tonterías que no se entendían, un bla-bla-bla que no llevaba a nada, que parecía esos rollos que te sueltan los que quieren venderte cosas para la cocina, pues dejé de escucharlos porque me dormía.

Se ha terminado el juicio y estamos reunidos los del jurado para ver si nos ponemos de acuerdo. Hoy es el cuarto día y ya estoy hasta las narices de todo esto. No me cabe en la cabeza que haya gente que esté dando por el saco, empeñada en defender chorradas. Parece que han estado en otro juicio. Hay demasiado tipo remilgado que le encanta escucharse a sí mismo y nos está repitiendo los mismos rollos que decían los abogados. Yo creo que se pasan de listos y fingen que han entendido todas aquellas tonterías.

¿Cómo pueden darle vueltas a cosas tan absurdas como si dos personas pueden ser la misma? Como sigamos así, no saldremos nunca de aquí. El viernes vienen amigos de Nelson a cenar y a ver el partido. ¿Quién hará la cena? No se lo puedo pedir a mi madre.

Esta historia de las clonaciones, las fecundaciones artificiales, los zombis y todas estas barbaridades son las que crean problemas tontos como estos. Matar a alguien, sea o no su replicante, o su avatar, o como quieran llamarle, no es como cuando un dibujante rompe un dibujo que ha hecho, para hacer otro que le guste más. El dibujante puede hacer lo que le pase por los huevos con sus dibujos, pero un dibujo no es una persona viva.

Todas esas cosas que nos querían contar los abogados y que está montando este follón entre nosotros, a mí no me las cuelan, que una no se deja engañar por la gente con mucha labia.

Puedo entender que pregunten si el acusado es o no culpable, pero había un testigo y el propio acusado ha aceptado que disparó. Por lo tanto, entre culpable o inocente, está claro.

Lo de si es un asesinato o un suicidio es una pregunta estúpida. Si uno mata a otro es un asesinato. Parece que están todos bobos.

Nicasio Sloth

Me llamo Nicasio Sloth. Soy, o hago de, o trabajo de juez, sin saber cuál de las tres opciones es la más adecuada.

Ese juicio tan extraño no podía acabar de forma normal. El jurado, después de cuatro días, que ya es tiempo, deliberando, ha tomado una decisión por mayoría cualificada. En aquel momento, pensaba yo, inocentemente, que por suerte en este estado no era necesaria la unanimidad, porque solo hubiera faltado que no hubiese habido veredicto y… ¡a repetir el juicio!

Han considerado al acusado culpable, Mi pregunta era si había sido un asesinato o un suicidio y han dicho que era culpable de asesinato. Creo que no han entendido ni la pregunta, ni lo que se discutía en el juicio, pero el sistema de jurado es el que es, y hay que aceptar lo que deciden. De esta manera, yo solo tengo que imponer la pena y no romperme la cabeza pensando en quién tiene razón, si la acusación o la defensa. Es la esencia de nuestro sistema y, sin que sea perfecto, parece que es el mejor.

Culpable y asesinato. Caso resuelto. ¿Sencillo, verdad? Pues no. Todo se ha torcido en el último momento. Si, como decía, este juicio ya era extraño por sí mismo, al final se ha añadido otro factor que siempre convierte las cosas normales en extrañas, y las extrañas, en surrealistas: el factor Sharman, Briggs & Associates, algo que todo juez teme.

No es nada estipulado en ningún texto jurídico, pero todo juez sabe, ya sea por haberlo vivido en carne propia, o por el boca-oído, que cuando interviene este anacrónico bufete (yo quisiera calificarlo de ucrónico), todo se va a hacer puñetas y las dificultades aumentan exponencialmente en relación con el tiempo de intervención de sus abogados. ¿Cómo consigue esa gente convertir cualquier cuestión jurídica en una maraña insoluble?

Intentaré explicarme. Hacer de juez es un trabajo como otro cualquiera: se trata de cobrar un sueldo y de trabajar lo menos posible. Todos los que hablan de vocación, o que se consideran que son una especie de instrumento divino para arreglar el mundo, no son más que enfermos mentales, o personas con graves problemas de autoestima. El trabajo es el trabajo y hay que hacerlo bien hecho, pero de ahí a creer que determinadas profesiones son vocacionales o una extensión de la mano de Dios… hay una distancia considerable. Es cierto que algunas actividades como jueces, médicos, políticos o urbanistas, entre otras, tienen mayor tendencia a creer que lo que hacen es trascendente. Un médico puede matar de uno en uno; un conductor de autobús de cuarenta en cuarenta. ¿Por qué hay más médicos iluminados que conductores de autobús zumbados? Es un misterio. Lo mismo sucede con nosotros.

Siempre me sale la deformación profesional: empiezo hablando de una cosa y acabo divagando; ahora lo he vuelto a hacer. Digo que es una deformación profesional porque, cuando uno pasa horas y horas escuchando abogados contentos y satisfechos de escucharse a sí mismos, se acaban creando automatismos para distraerse navegando por los espacios siderales, ya que, si los escuchara, no podría evitar dormirme, que es lo más antiestético que puede hacer un juez, y seguro que afecta mucho a su carrera o a la opinión de sus colegas. Por eso tengo esa tendencia a divagar; pero ahora intentaré centrarme en lo que nos ocupa.

Decía que, como en todas las otras profesiones, lo que la gente normal desea es que no se le complique el trabajo. Las camareras no quieren que los clientes quieran hacerse los simpáticos, que encuentren que la albahaca de la salsa napolitana era poco fresca; a los taxistas no les gusta que les digan que los lleven a una calle que desconocen, y los médicos odian que les discutan el tratamiento, porque el paciente ha leído en internet que el fármaco recetado puede producir alopecia en un caso de cada millón. Los que estamos mentalmente sanos esperamos recibir un sueldo por nuestro trabajo. No deseamos pagos inmateriales en especie, como palmaditas en la espalda, veneraciones a nuestro ego o admiración de papanatas que nos consideran salvadores del mundo. A los que no tenemos problemas de autoestima, a los que no necesitamos cubrir los complejos con boato o ansia de trascendencia, nos gustan los casos simples.

A los de mi profesión que no tienen problemas psicológicos les gustan los casos con acusados pillados *in fraganti*, o con pruebas abrumadoras: un ladrón atrapado por la policía mientras robaba en una joyería, pistola en mano; al que han visto cinco testigos independientes y una cámara de seguridad pegando a su mujer; o el contable que ha traspasado una cantidad que no puede justificar directamente de la cuenta de la empresa a la suya.

Eso es, como he dicho, lo que nos gusta a los jueces normales, los que no tenemos delirios de grandeza. Nos pagan por hacer un trabajo y lo hacemos, pero no deseamos complicaciones sobreañadidas. Las complicaciones ya las tenemos en casa, con los hijos adolescentes, o con la pareja que nos pone los cuernos cada vez que acude a un congreso de cirugía del menisco.

Mis compañeros normales, cuando nos quitamos ese disfraz pasado de moda que nos obligan a llevar, medio de sotana de cura y medio de profesor de Harry Potter, con los puños con unos encajes que ni las adolescentes cursis se atreverían a ponerlos en su ropa interior, no queremos más problemas en el trabajo. Eso es imposible cuando intervienen los de Sharman, Briggs & Associates.

Tenía el caso resuelto. El jurado había estado horas y horas aguantando los alegatos filosóficos más pesados y aburridos que he tenido que aguantar desde mi poltrona, en treinta años juzgando gente. Su comportamiento en la sala había sido encomiable por no haber dado muestras demasiado evidentes de desconexión, tales como roncar sonoramente o caerse de la silla cuando se dormían, algo esperable y comprensible. Después de la tortura soportada han sido capaces de conseguir un veredicto, aunque tardando un poco más de lo deseable, por una mayoría de dos tercios, como marca la ley en estos casos (yo estaba seguro, y horrorizado, pensando que no lo iban a conseguir y que me esperaba el tormento de un nuevo juicio).

Estaba contento. Ya tenía un veredicto y me disponía a dictar una sentencia y a olvidarme de aquel desagradable embrollo, cuando sucedió lo inevitable. Debería haber esperado algo así, ya que aquel juicio estaba gafado desde su inicio.

Cuando vi a Solomon Steinberg, el socio de Sharman, Briggs & Associates, acompañado de cinco acólitos (el número de acólitos es proporcional a la debacle que van a causar) cargados de documentos, las piernas empezaron a temblarme y me cayó el alma a los pies. Sabía que algo muy gordo iba a suceder.

Así fue. Todas las horas dedicadas a aquel juicio se desvanecieron como el humo. Me di cuenta en seguida que un montón de gente habíamos perdido el tiempo trabajando en vano, en una ceremonia absurda, ya que lo realizado perdió todo el sentido cuando llegó la comitiva de Sharman, Briggs & Associates.

Lo peor de todo es que nunca he podido saber si aquella cara con una sonrisa forzada que tenía el maldito Steinberg era de amabilidad obligada y cortesía profesional o era, simple y llanamente, de burla por destrozar todos los esfuerzos, desde aquel momento inútiles, que habíamos hecho los muchos profesionales del derecho, los peritos venidos de todas partes y los llamados *doce hombres sin piedad*, desgraciado epíteto para una docena de personas que estaban perdiendo tiempo y dinero por la obligación de hacer de jurado. También a mí mismo, claro, que había tenido que soportar discusiones interminables sobre el *yo* del muerto y el del asesino, que hubieran dejado estupefactos a los siempre meticulosos polemistas escolásticos o a los escrupulosos y finos discutidores bizantinos.

Yo había hecho bien mi trabajo planteando perfectamente la pregunta sobre si era asesinato o suicidio. El jurado había decidido. ¿Qué hizo el inefable Steinberg? La respuesta es simple, aunque el lenguaje no sea muy preciso en términos jurídicos: ¡Mandarlo todo a la mierda!

Hubiera tenido que hacerle caso a mi padre y continuar su negocio de compraventa de coches usados en Tulsa, Oklahoma.

Ahora ya era demasiado tarde.

Solomon Steinberg

Me llamo Solomon Steinberg, tal como les he dicho en el anterior parágrafo, capítulo o apartado. Como también les he dicho, soy abogado y socio del reputado bufete Sharman, Briggs & Associates, fundado a mediados del siglo XIX, y dedicado a lo que ya les he contado, todo eso de las herencias y cosas parecidas para los pocos que pueden afrontar los exorbitados honorarios que cobramos y pagan sin rechistar.

Me jubilo dentro de un mes. Mi carrera profesional ha sido intensa y productiva. He sido un socio modélico para la institución. Siempre he hecho lo que se esperaba que hiciera y eso me ha proporcionado un gran respeto como profesional por parte de mis colegas, y una cuenta bancaria muy abultada, por parte de mis clientes. El patrimonio que he acumulado con mi trabajo, me va a permitir, hasta que la parca decida llevarme, que pueda disfrutar de todo lo que nunca he podido, atrevido o querido hacer hasta ahora. Dentro de un mes, mi vida dará un giro de ciento ochenta grados. Ya tengo pensado como voy a empezar mi nueva etapa de libertad: incumpliendo mi palabra de asistir a la cena de homenaje que van a hacerme mis aburridos colegas y a la que, por supuesto, he prometido asistir. Desde ahora, hasta que la muerte me separe el cuerpo del alma o que, el cuerpo se lo coman los gusanos y el alma se quede en la nube de las entelequias en la que ha transcurrido mi vida, únicamente voy a hacer lo que me apetezca.

Mi jubilación va a ser total. Abandono a los colegas del trabajo, la mujer, los hijos y los nietos, aunque, de momento, solo saben que me retiro los primeros. No pienso volver a pensar en ninguno de todos los que dejo por temor a convertirme en estatua de sal, si miro atrás.

Me voy a disfrutar del tiempo que me queda con la azafata de sonrisa tan falsa como la mía cuando estamos dentro del edificio de Sharman, Briggs & Associates. Aquella que nos preguntaba en todas las reuniones si queríamos un café, un té o un refresco. Tiene cuarenta años menos que yo, quince más que mi nieta, y diez menos que mi hija pequeña. Nos vamos a dar la vuelta al mundo sin ningún interés ni seguridad de terminarla. Donde estemos a gusto nos pararemos hasta que nos cansemos y decidamos continuar.

Como es natural, ella viene conmigo por mi dinero y yo voy con ella por su cuerpo y porque con su ingenuidad me transmite su alegría de vivir. No tenemos ningún punto en común; no hay ningún tema serio del que hablar que nos interese a ambos. Compartimos el que a ella le interesa el Derecho tanto como me interesará a mí, a partir del día de mi jubilación. Los dos tenemos una cosa clara: no estamos enamorados ni nunca podremos estarlo, no nos engañamos. Ella heredará lo que me quede, que será bastante, porque ni lo que gaste en los viajes, ni en pastillas de Viagra, va a menguar de forma significativa el dinero que he ganado y ahorrado durante toda mi vida.

De todas formas, no quería poner punto final a esta historia sin explicar que nunca más voy a vestirme con aquella elegancia pasada de moda como hacía cuando estaba en Sharman, Briggs & Associates. A partir de ahora me vestiré como un turista hortera más (bermudas de flores, camisas de colores chillones, gorra con visera y unas sandalias con calcetines blancos), luciendo pareja joven y sin que me importe lo más mínimo lo que piensen los demás de mis reacciones, aspecto o comportamiento.

El punto final lo voy a poner explicando mi última actuación en Sharman, Briggs & Associates.

Ha quedado expuesto el enfrentamiento entre los dos señores Winkle (por más que fueran el mismo), uno por recuperar poder y fortuna y el otro para mantenerlo y transmitirlo a su hijo, sin ceder ni una mínima parte. También saben que uno mató al otro y como se desarrolló el juicio, alegando el acusado que, al ser el mismo, no había sido un asesinato, sino un suicidio: mató su pasado, como hace mucha gente y como yo me dispongo a hacer ahora, aunque no de forma cruenta, sino cambiando de vida.

El jurado no lo ha visto así, básicamente porque ni siquiera han sido capaces de entender el problema que se planteaba en el juicio. Todo parecía finiquitado cuando dieron el veredicto de culpable de asesinato. Uno de nuestros clientes estaba muerto y el otro iba a ir a la cárcel, probablemente de por vida.

Lo que no tuvieron en cuenta ni el juez, ni el jurado, es que Sharman, Briggs & Associates nunca se da por vencido y siempre lleva la defensa de los intereses de sus clientes hasta el final, pero… ¿cómo hacerlo en este caso? Era complejo: no solo las dos partes en conflicto eran clientes de la institución, sino que, además, eran la misma persona.

Yo quería acabar mi carrera profesional demostrando que un socio de Sharman, Briggs & Associates tiene suficientes recursos para no darse jamás por vencido. Lo que hice es fácil de adivinar, ¿no es cierto?

Lo peor que le puede pasar a un juez que va a dictar una sentencia por asesinato es que aparezca la víctima del delito y que, además, afirme que no recuerda ni tan solo haber visto que su supuesto asesino sacase un arma de una cartera y que lo apuntase con ella. Naturalmente, como estaba vivo, ni el juicio ni el veredicto tenían el más mínimo sentido.

El señor George V. Winkle, el que llamaremos Winkle-35, dejó una copia de los archivos informáticos de su cerebro escaneado, es decir, de su yo, bajo la custodia de Sharman, Briggs & Associates. Así, antes de jubilarme, hice un último servicio a mi cliente, haciendo que volvieran a imprimir el cerebro y el cuerpo del señor Winkle, con los archivos que teníamos en nuestro poder. De esta manera, Winkle-35 volvía a estar vivo y Winkle-60 se libraba de la cárcel. Todos contentos, excepto el juez, claro.

¿Alguien puede decir que esto no resolvía el conflicto con el máximo beneficio para nuestro cliente? ¿O sería mejor decir, para los dos cerebros de nuestro cliente? ¿O, puede que en realidad sea para nuestros dos clientes?

¿Tiene alguna importancia?

¡Qué más da!

3 Un criminal llamado Asmas

El día 23 de enero del quinto año del siglo veintidós no trajo buenas noticias para Gregor Asmas. Todas sus apelaciones y solicitudes de clemencia se habían rechazado y la sentencia ya era firme: muy pronto sería ejecutado.

Partidarios y contrarios a la pena capital se habían movilizado más que otras veces, ya que aquel caso era especial por las connotaciones racistas que tenía. No por los delitos, terribles y execrables, que parecía haber cometido aquel inmigrante ilegal de origen alemán que, como muchos otros, había huido de la depauperada, empobrecida y violenta Europa, para encontrar una nueva vida en América del Norte.

Asmas había sufrido, como tantos como él, la discriminación por su color de piel demasiado blanca, su pelo rubio y sus ojos claros. De todas formas, los motivos de su condena no podían achacarse a motivos racistas, según opinaba la mayoría de la población. Había violado y asesinado a la hija de Baldomero Sánchez y Johana Brown, una pareja de clase media acomodada, con la que muchos estadounidenses se identificaban. A la pobre niña le faltaba un mes para cumplir los dieciocho años, y aunque Asmas siempre afirmó que las relaciones sexuales fueron consentidas y que la muerte de la niña fue un accidente, ningún miembro del jurado, en el que no había nadie de piel clara, lo creyó. En Texas, además, las relaciones sexuales de alguien menor de dieciocho años con un adulto siempre se consideraban violación, ya que, antes de esa edad, no se reconoce capacidad legal para consentirlas.

El hecho de que Gregor Asmas trabajase en casa de los Sánchez-Brown como asistente, para hacer la limpieza y ocuparse de los dos hijos, se consideró una agravante en el juicio.

Gregor estaba casado y tenía un hijo. Al ser detenido el padre, el resto de la familia, también inmigrantes ilegales, fueron autorizados, como medida humanitaria, a permanecer en el país hasta que se cumpliera la sentencia. Después, serían deportados.

Víctor F. Estón era el propietario, entre otras grandes corporaciones, de la todopoderosa multinacional 3D Organic Printing, prácticamente el monopolio mundial en la impresión de materiales orgánicos, desde huesos y músculos, hasta pulmones y corazones para humanos. De todas formas, el negocio de 3D OP no se limitaba a la provisión de órganos para las empresas e instituciones sanitarias de todo el mundo: el grueso de su negocio era el suministro de carnes, pescados, frutos y hortalizas creados mediante la bio-impresión: era innecesario y absurdo todo el proceso de criar una vaca o una merluza, cuando se podía imprimir directamente un solomillo o unas cocochas mediante cultivos celulares, mucho más eficientes y menos contaminantes que granjas o piscifactorías.

Desde la primera sentencia en contra de Gregor Asmas, hasta el momento definitivo de la aplicación de la pena, pasaron dos años. Durante ese tiempo, 3D OP había empezado un proyecto que iba a revolucionar la impresión de órganos: imprimir un cerebro y conectarlo a un cuerpo. Este proyecto y la futura ejecución de Asmas, pronto iban a coincidir en un punto.

Víctor F. Estón hacía años que luchaba contra la prohibición de escanear cerebros humanos, algo a lo que que el Tribunal Supremo había cerrado definitivamente la puerta a mediados del siglo XXI, asimilándolo a la prohibición, incorporada como enmienda en la Constitución, de clonar seres humanos.

El argumento para la ilegalización de los escáneres especiales de resolución atómica era el clásico: no había motivos terapéuticos que justificasen el riesgo de la necesaria *ultracrionización* a temperaturas cercanas al cero absoluto previa al escaneado. Pese a que se contra-argumentaba que alguien podía poner libremente en peligro su vida con cualquier deporte extremo, incluso aumentándolo hasta la temeridad más absoluta, sin que la ley se lo prohibiera, el Tribunal Supremo afirmaba que el escáner especial de resolución atómica era una actividad médica y, como tal, sujeta a sus códigos y limitaciones éticas y legales, propias de la Medicina.

En consecuencia, por ese motivo, la impresión de cerebros se había limitado a cerebros de animales y estaba clausurada para los humanos por falta de archivos de datos para imprimir.

Víctor Estón, se enteró por la prensa de la primera sentencia contra Asmas y se puso en contacto con sus abogados. Negociaron una cantidad de dinero para su esposa si accedía a donar su cuerpo a la ciencia, en este caso representada por una de sus empresas de investigación, si permitía que el verdugo lo ejecutara allí y su cuerpo pudiera ser utilizado después de su muerte.

Al mismo tiempo lanzó una gran campaña de *lobby,* para que el Estado de Texas autorizase ese pacto y, al mismo tiempo, la impresión de un cerebro y su inserción en el cuerpo de Gregor Asmas.

Se basaba en tres argumentos. El primero era que se cumplía la sentencia de muerte, ya que el cerebro de Gregor Asmas se destruiría y solo quedaba un cuerpo. Ninguna ley prohibía que un condenado a muerte donara sus órganos, ni limitaba el número de ellos que podía donar. El segundo, era que el reo estaba de acuerdo.

El más importante, el tercero, era que la impresión no contravenía la sentencia del Tribunal Supremo, ya que esta hacía referencia únicamente al escaneo especial y nada decía sobre la impresión de archivos existentes anteriores a la prohibición. El cerebro del que se conservaban los archivos informáticos era del señor George V. Winkle, escaneado hacía más de setenta años y cuyo portador, que sobrevivió sin problemas al proceso, ya había fallecido. Además, en la documentación que acompañaba los archivos de datos, el señor Winkle, no solo autorizaba, sino que solicitaba, que si alguien poseía la tecnología capaz de bio-imprimir su cerebro, lo hiciera.

Después de mucho bregar, explicar, solicitar y quién sabe si emplear otro tipo de argumentos menos jurídicos y más materiales, consiguió la autorización.

Ahora debían centrarse en resolver los problemas técnicos de las conexiones de los miles de neuronas que salen del cerebro por la médula espinal y por los pares craneales, pero eso ya era trabajo del equipo científico y no dependía de jueces ni autoridades. Además, en los últimos años, las técnicas de nano-biología para conexiones neuronales, habían hecho avances prodigiosos para la curación de lesiones medulares.

El día señalado para el cumplimiento de la sentencia, se trasladó a Gregor Asmas, fuertemente custodiado, desde el corredor de la muerte de la prisión, hasta un quirófano de 3D Organic Printing.

Antes de la llegada del reo, en el complejo en donde se ubicaban los edificios de 3D OP destinados a este proyecto, el equipo de informáticos e ingenieros hacía días que convertía los bits de los archivos del escaneado cerebro de Winkle en órdenes para que las ejecutara aquella complejísima bio-impresora 3D. Otros equipos de médicos, bioquímicos, neurólogos y biólogos preparaban y alimentaban las diversas *tintas* que salían por sus cabezales: moléculas de lípidos, de proteínas, glúcidos, suero fisiológico y también células gliales, esas células del cerebro que no contienen información alguna, pero que son necesarias como auxiliares de las neuronas. Estas se obtenían de un cultivo a partir de células madre, ya que al no tener datos específicos del cerebro de Winkle, no era necesaria su reconstrucción molécula a molécula.

Las neuronas, por el contrario, sí que tenían que ser reconstruidas de tal manera que fueran idénticas al original en la posición de cada átomo, tal como estaba en el cerebro del Winkle el día que fue escaneado.

Mientras se iba creando el nuevo cerebro, un equipo de histólogos, fisiólogos, anestesistas y neurocirujanos se ocupaba de mantener vivas las células ya creadas. La nano-robótica jugaba un papel imprescindible en todo el proceso.

El cerebro de Winkle se acabó de imprimir, un trabajo que duró trece días en completarse, en el momento en el que el condenado llegó al quirófano. Las neuronas del cerebro acabado de crear, copia idéntica del que tenía el señor Winkle cuando se escaneó a la edad de 35 años, se mantenían anestesiadas, hasta que este ocupase su nuevo emplazamiento definitivo dentro del cráneo que vaciarían al reo.

Todo salió como estaba previsto. Se administró la inyección letal a Gregor Asmas, condenado por violación y asesinato. Los neurocirujanos extrajeron su cerebro y lo depositaron en una batea de acero inoxidable que fue entregada al patólogo que lo preparó para trasladarlo al Instituto Anatómico Forense. Todo el proceso fue supervisado, desde dentro del quirófano, por tres médicos nombrados por el Tribunal, que certificaron la muerte de Asmas y el cumplimiento de la sentencia.

En ese mismo momento, cien mil dólares fueron transferidos a una cuenta de Alemania a nombre de la viuda de Gregor que, la semana siguiente, iba a salir, junto a su hijo, en un vuelo de Houston a Frankfurt, escoltada por dos agentes del Servicio de Inmigración, que asegurarían el cumplimiento de la orden de expulsión.

El Gobernador estaba satisfecho porque los disturbios durante la ejecución y los enfrentamientos entre partidarios y detractores de la pena de muerte, habían sido inferiores a lo esperado: no había tenido que lamentar que aparecieran en los informativos demasiadas imágenes de cargas policiales, siempre desagradables para las autoridades porque acaban causando la fuga de algunos votos.

Víctor F. Estón y todo su equipo veían cómo las cosas, de momento, iban saliendo tal como estaban previstas.

De todas maneras, el éxito era conseguir tres hitos y, de momento, habían alcanzado dos: que se hubiera autorizado la operación y que esta, desde un punto de vista técnico, hubiera sido un éxito, algo que constataron, ya que el cerebro impreso e implantado empezaba a comportarse como cualquier cerebro sano bajo condiciones de anestesia. La sangre circulaba normalmente y se registraba actividad cerebral. Las neuronas impresas estaban vivas.

El éxito completo sería cuando Winkle despertara del coma inducido y… volviera a ser él. Dicho de otra forma: cuando *resucitase* volviendo a ser el mismo hombre escaneado hacía setenta años.

Eso fue lo que sucedió al sexto día, cuando le retiraron la sedación. George V. Winkle o, si alguien prefiere decirlo así, su cerebro, por si cree que hay alguna diferencia, empezó a sentir la misma sensación que tiene cualquier persona cuando se despierta de una anestesia: le parecía que solo habían pasado unos segundos desde el momento en el que lo anestesiaron antes de *ultracrionizarlo* para escanearle el cerebro.

En el caso de una operación quirúrgica, ya sea de minutos o de horas, el paciente no es consciente del tiempo transcurrido. En su caso, habían sido años, pero no podía tener ni siguiera una idea aproximada, ya que no tenía ninguna referencia para poder calcularlo. Poco a poco, empezó a recordar y a organizar sus recuerdos, mientras oía unas voces que le hablaban en un inglés que le parecía muy extraño y con un acento que le costaba entender. No solo su desorientación temporal era absoluta, sino que tampoco podía saber en qué país o ciudad se encontraba.

Consiguió abrir los ojos y la vista le confirmó lo que intuía por lo que estaba oyendo: era una sala de las que se utilizan para la recuperación después de la anestesia. Notó que respiraba sin la ayuda de ninguna máquina, salvo una mascarilla que le proporcionaba un aire más rico en oxígeno.

Era plenamente consciente de quién era. Podía acceder a todos sus recuerdos y, entre ellos, al motivo por el que se encontraba allí. Recordaba perfectamente los detalles del Objetivo Gutenberg; incluso las últimas palabras que oyó antes de ser anestesiado antes de su *ultracrionización*, que le dijo el doctor Owen Chase, el anestesista, mientras le inyectaba los fármacos que lo dormirían:

—Me encantaría poder verle cuando despierte la segunda vez.

Entonces no reparó en la ironía, pero ahora le quedaba claro su significado. La primera vez que Owen lo despertó fue después del escáner, pero de todo eso nada podía recordar porque sucedió después ser escaneado y, como era natural, sus recuerdos terminaban en el momento en que se registraron y almacenaron informáticamente los datos de su cerebro.

De hecho, no podía tener recuerdos de nada que le hubiera pasado al Winkle que despertó la primera vez inmediatamente después del escaneo. ¿Podría incluso decir que le había sucedido a otro *yo*? No sabía si aquel otro Winkle había sobrevivido al proceso del recalentamiento después de la *ultracrionización* o si, en la actualidad, aquel Winkle estaba vivo o muerto. Tampoco, como es lógico, podía saber si el anestesista, el doctor Owen aún vivía. ¿Habría estado presente en este segundo despertar, según el deseo que expresó?

Era evidente que, si era plenamente consciente y dueño de sus recuerdos, significaba que el Objetivo Gutenberg había sido un éxito. Con los datos escaneados, alguien, quizás una de sus propias empresas, había conseguido imprimirle un nuevo cerebro, idéntico al que tenía en el año 2035, cuando acababa de cumplir los 35 años. Gutenberg había dejado de ser un objetivo: ahora era una realidad.

El hecho de que pudiera abrir los ojos y las sensaciones propioceptivas que recibía, le indicaban que no era un cerebro aislado, sino que tenía un cuerpo. Lo que no sabía era qué cuerpo. Tanto podía ser un cuerpo biónico, un cuerpo impreso, un cuerpo deforme o, peor aún, un cuerpo de animal. Eso resultaría kafkiano: buscar la inmortalidad y terminar como el mitológico Títono. Pensó en *La Metamorfosis* de Kafka y sintió un escalofrío.

Empezó a fijarse en las reacciones que le llegaban de sus propios sentidos. Un poco de dolor de cabeza y los sueros que le molestaban en los brazos: normal. Oía ruidos y gente que decía cosas: normal. Veía lo que había esperado ver. Hasta aquí todo era normal.

Ahora debía empezar a ordenar pequeños movimientos a los músculos de brazos, piernas y cuello: ningún problema. Lo invadió una sensación de felicidad al saber que su cerebro había sido implantado en un ser humano. Ahora tocaba saber dónde estaba y en qué año. ¿Cómo iba a ser el mundo actual? ¿Le gustaría? ¿Sería capaz de adaptarse a él?

No pudo estar mucho tiempo con esas reflexiones porque comenzó un desfile de gente que no paró en todo el día. Médicos de todas las especialidades le examinaban todas las partes del cuerpo y le hacían preguntas y más preguntas relacionadas con su estado. Le acercaban aparatos que nunca había visto para medir sus constantes vitales. Decidió no preguntar nada y únicamente responder a lo que le preguntasen. Veía a todo el mundo tan ocupado en su trabajo y concentrado en sus responsabilidades, que se decidió dejar para más adelante saber en dónde estaba, o qué año o siglo era.

Solo obtuvo un poco de información cuando llegó el que se presentó como neuropsicólogo, un hombrecillo con aspecto de funcionario de correos, que, sin elementos para juzgar si era buen o mal profesional, le pareció una de esas personas rutinarias que se limitaba a aplicar los procedimientos establecidos, sin importarle si eran adecuados a las circunstancias que tenía delante: uno de esos individuos que, cuando una respuesta no es del conjunto de las esperables, la olvidan por ser incapaces de procesarla.

—¿Cómo estamos hoy? —le preguntó como si fuera un paciente al que hacía días que trataba.

La pregunta hizo sonreír a Winkle. Fuera el año que fuera, el personal sanitario seguía con la absurda técnica de fingir acercamiento utilizando la primera persona del plural. Siempre que le preguntaban cosas como «¿Nos duele mucho la pierna?», respondía: «A mí sí, a usted no tengo ni idea», respuesta que a sus interlocutores solía no gustarles. De todas formas, hoy no estaba para sutilezas y contestó:

—Me encuentro bastante bien. Tengo algunas molestias y estoy algo aturdido, pero no me parece raro después de todo lo que ha sucedido. En fin, supongo que es normal.

—¿Recuerda cómo se llama? —continuó el médico con el cuestionario que tenía preparado.

—George V. Winkle. Si quiere le puedo decir mi fecha de nacimiento o cualquier otro dato de mi vida... anterior —respondió sorprendiéndose por haber utilizado la palabra *anterior*.

—¿Sabe dónde estamos?

—No tengo la menor idea, como puede suponer. Si lo que me pregunta es si reconozco el entorno inmediato, me parece que estamos en una habitación de hospital, un cubículo de una UCI o de una unidad de reanimación.

—¿Sabe qué día es?

Winkle había sido el propietario y máximo responsable de un auténtico imperio formado por centenares de empresas. No estaba acostumbrado a que le hicieran preguntas, sino a hacerlas él. Estaba haciendo un esfuerzo para no mandar a hacer puñetas a aquel médico que, desde que abrió la boca, le pareció idiota, y la segunda frase confirmó su parecer. No tenía ganas de aguantar a alguien haciendo preguntas tan inapropiadas para aquella situación como un impreciso «¿Sabe dónde estamos?», sobre todo por su incapacidad de hacerle un retorno positivo a sus respuestas. Aceptaba que le interrogara para saber si estaba orientado, o si se reconocía a sí mismo, pero para que no pareciese un interrogatorio policial, lo normal era que le confirmara la corrección de sus respuestas. Le producían una especial repulsión las personas que se ajustan a un guion preestablecido, y no saben adaptarse a su interlocutor.

Durante un momento, pasó por su mente una pregunta en forma de *flash*: ¿Cuál era su estatus? Estaba acostumbrado al poder que da la riqueza, al respeto que da el poder, y a la admiración que da el respeto. Dicho de otra forma, había sido el *puto amo*. Ahora desconocía su situación. No sabía si le quedaba algo de su dinero, de su poder, de sus empresas o del respeto, y quizás también temor, que todo el mundo le tenía. No sabía si había pasado del punto más alto a diluirse en una mediocridad o, quizás, a estar muy por debajo de la mediocridad. Otro escalofrío le recorrió el cuerpo y decidió ser respetuoso con su interlocutor.

—Sé que la copia de mi cerebro se hizo el diecisiete de abril de dos mil treinta y cinco. Ese día me anestesiaron y no puedo saber el tiempo que ha pasado hasta hoy. Tampoco puedo saber si el original del que yo soy la copia está vivo o muerto. ¿Me podría decir usted la fecha de hoy?

—Veintiocho de marzo de dos mil ciento cinco.

—¿Dos mil ciento cinco? ¡Increíble! Eso significa que han pasado setenta años desde que me escanearon...

—Exactamente, señor Winkle. Usted tendría ciento cinco años.

—Y ahora estoy en un cuerpo de...

—Veintinueve años. No se preocupe, es un cuerpo de un varón sano —fue la primera cosa sensata que dijo el neuropsicólogo.

Continuaron las preguntas y Winkle las iba contestando maquinalmente. Ya tenía alguna información de su nueva vida: era el siglo veintidós y tenía un cuerpo sano. Era un cuerpo de hombre: se preguntó qué hubiera sucedido si le hubieran implantado el cerebro en un cuerpo de mujer. Pensó que hubiera podido ser una experiencia interesante, pero ahora no era el momento de imaginar, sino de ir recogiendo información de todo lo que necesitaba saber para continuar con su nueva vida. De todas formas, decidió que aquel no era el interlocutor adecuado, y esperó a poder hablar con alguien más apropiado.

La oportunidad se presentó al día siguiente.

—¡Buenos días, señor Winkle! —dijo, alargando la mano, aquel hombre vestido impecablemente que emanaba autoridad. Cuando entró, la enfermera que siempre estaba en la habitación salió discretamente, para que pudieran tener una conversación privada.

—¡Buenos días!, señor... —contestó el aludido con una encajada de manos, que ambos sabían que no podía ser muy fuerte porque Winkle aún estaba en fase de recuperación.

—Víctor Frank Estón. Para usted, simplemente Víctor. Es un auténtico placer conocer al que fue el creador de un imperio como WWB —afirmó, demostrando que se situaba en un nivel de igualdad. Winkle imaginó que era lo que él hubiera dicho a Henry Ford, a William R. Hearst o Bill Gates si los hubiera encontrado en una situación parecida. Era un hombre de unos cuarenta años, altura mediana, pelo negro bastante rizado, no muy largo, ojos oscuros, piel morena y mirada penetrante—. Soy el propietario de 3D Organic Printing. Naturalmente, este nombre le será completamente desconocido.

—Encantado de conocerle, Víctor. Me enorgullece pensar que, tantos años después, alguien sabe quién soy yo, o quién era. No sé qué es más correcto decir.

—Antes que nada, ¿cómo se encuentra? Si necesita algo, no dude en pedirlo.

—Dadas las circunstancias, me encuentro bien. No me encuentro peor que si me hubiera despertado de cualquier otra operación.

—Los médicos me han asegurado que su recuperación física será muy rápida. Solo necesitará un poco de paciencia.

—Si he esperado setenta años, entenderá que no me importa un día más o un día menos.

Víctor Estón sonrió por la respuesta irónica de Winkle. Era evidente que se trataba de dos personas con una historia personal parecida y que tenían muchos puntos en común. El diálogo iba a ser fácil, pensó George. Se dijeron algunas frases de cortesía más, mientras ambos sabían que, en seguida, la conversación abandonaría las banalidades, ya que ninguno de los dos era persona de palabras vacías.

—Imagino que usted es el autor de mi… resurrección. ¿Me equivoco?

—No discutiremos por el nombre de las cosas. Usted no hubiera creado el imperio Winkle si no hubiera sido una persona intuitiva, observadora e inteligente. Sigamos sin darle importancia a los nombres, no importa que sea una *resurrección* u otra cosa. De todas formas, el que usted esté hoy aquí, es tanto mérito suyo como mío.

Empezó entre ellos una conversación muy fluida. Víctor Estón puso al corriente a Winkle de todo lo que había sucedido desde que había decidido utilizar los archivos con la *fotografía* de su cerebro para imprimir el actual, idéntico al anterior. Le explicó todas las dificultades legales que había tenido y que, al final, había conseguido implantarle el cerebro en el cuerpo de un condenado a muerte.

También le explicó que él era el único cerebro existente en el mundo guardado en archivos informáticos, ya que el Tribunal Supremo había prohibido los escáneres de resolución atómica por el riesgo de la necesaria *ultracrionización*, razón que, probablemente, sirvió de excusa para no explicar el motivo de fondo de la medida:

contentar a los grupos integristas de las religiones y del ecologismo que veían en este procedimiento una forma de querer imitar a Dios, los primeros y a la Naturaleza, los segundos.

Le informó también de que quien él había decidido llamar Winkle Uno, es decir, la persona que siguió viviendo cuando despertó de la *crionización* y del escáner, había muerto en un accidente junto a su mujer e hijo unos años más tarde. Le contó cómo, tras su muerte, el imperio Winkle se había desintegrado y cómo toda su fortuna fue muy mal gestionada por las fundaciones y ONG que la heredaron, a falta de descendientes, las cuales dilapidaron todo el dinero, al administrarlo en unos casos de forma negligente, y en otros de manera fraudulenta.

—O sea, soy un pobre inmigrante ilegal al que nadie dará trabajo porque creerán que soy la persona que ha violado y asesinado a una niña —resumió Winkle.

—Visto así, tiene razón. La otra forma de verlo es que, como yo ahora tengo una situación económica parecida a la que tenía usted antes, no me representa ningún esfuerzo darle el dinero suficiente para que usted pueda vivir dignamente. Naturalmente, no voy a compartir mi fortuna con usted, pero tengo suficientes recursos para que pueda vivir muy por encima de la media de la población.

—Se lo agradezco y, sinceramente, me tranquiliza. Supongo que encontraría alguna forma de ganarme la vida, pero el mundo habrá cambiado tanto que no sabría por dónde empezar.

—No sé si lo cree, pero nos parecemos mucho más de lo que puede pensar. Usted habría hecho lo mismo. Darle ese dinero no me supone ningún esfuerzo. Imagine la situación a la inversa, en su época de apogeo, ¿cuántos miles de personas tenía a su cargo con sueldos de directivo? ¿Acaso importaba uno más?

Continuaron hablando más de tres horas. Winkle no estaba en condiciones físicas de prolongar demasiado aquella conversación que tanto le interesaba, y Víctor la dio por finalizada viendo que tenía que dejar descansar al convaleciente. Antes de irse, le informó que había contratado los servicios del profesor Higgins, un historiador, le explicó, especializado en el siglo XXI.

—Vendrá todos los días el tiempo que sea necesario, para ponerlo al día de todos los cambios que se han producido en los últimos setenta años. Creo que le servirá para adaptarse a lo que encontrará en el mundo actual.

—Estoy seguro de que me será muy útil. Gracias.

—Una última cosa. Gregor Asmas tenía una mujer y un hijo de ocho años. Como le he explicado, están pendientes de ser deportados a Alemania porque son inmigrantes ilegales. Allí podrán vivir con el dinero que les he ingresado, según pacté con Asmas. Ahora están en un centro de internamiento a la espera de que se ejecute la orden de expulsión. La mujer exigió que en el contrato figurara una cláusula en la que se garantizara que, si el niño quería ver a su padre, que podría hacerlo. Es evidente que no es capaz de entender que usted no es su padre, aunque su cuerpo lo fuera antes. Hay muchas maneras de evitar que se cumpla esta cláusula, pero si usted, con toda libertad, lo autoriza, el chaval quisiera hacerle una visita antes de ser enviado de regreso a Europa. No se sienta en absoluto presionado. Si quiere tomarse un tiempo para pensarlo, hágalo.

—No tengo ningún inconveniente, siempre que no me dejen solo con él. No sabría qué decirle.

—Es obligatoria la presencia de un agente de Inmigración, e imagino que la madre también va a querer estar presente, ya que tiene derecho a ello. Si le parece, esperaremos una semana a fin de que usted se encuentre más recuperado. Mis abogados no tendrán problema en que se prolongue un poco el tiempo la deportación.

—¿Nos volveremos a ver usted y yo? Supongo que ahora soy un icono para 3D Organic Printing.

—No solo por eso, créame. Al empezar la charla le he dicho que tenía interés en conocer a una persona como usted, de la misma manera que usted hubiera tenido interés en conocer a alguien como Rockefeller o Bill Gates. Le repito que tenemos muchas cosas en común. Además, me gusta su ironía directa, poca gente se atreve a burlarse de mí.

—Yo tampoco lo haría jamás, pero en vista de que me ha dado la vida... ¿puedo llamarle mamá?

En la siguiente semana, la mejoría fue rápida. Víctor le hizo un par de visitas y Higgins, el historiador, pasaba con él todas las mañanas y algunas tardes. Hablaban hasta que Winkle se cansaba de recibir información.

Se enteró del derrumbamiento de la economía europea por la crisis norte-sur y todos los factores religiosos que se mezclaron en ella. El continente quedó balcanizado, y destruido su modelo económico. Después de algunas generaciones acostumbradas al estado del bienestar, Europa no soportó la competencia de los tres gigantes de América del Norte y de todo el arco del Pacífico. En la actualidad, China era, sin duda, la primera potencia industrial y financiera mundial. El empobrecimiento de los países petroleros dio el golpe de gracia a la economía europea, que estaba, en gran medida, en manos de inversores de los países del Golfo y de una Rusia que tampoco consiguió aguantar su economía basada en las materias primas. Arruinados, pues, sus inversores, Europa no tenía posibilidades de abordar la robotización de su industria, ni la modernización de los servicios, como tampoco la actualización de sus obsoletas infraestructuras: sus productos dejaron de ser competitivos, al tiempo que el sector servicios, básicamente el turismo, se derrumbaba debido a la inseguridad y a la competencia de muchos otros países.

Los europeos emigraban en masa, especialmente a Estados Unidos, ya que China había establecido un férreo control fronterizo y un sistema de penas muy disuasorio, por lo que la inmigración ilegal no existía en su territorio.

Los europeos que llegaban ilegalmente a los Estados Unidos, ocupaban los lugares más mal pagados, principalmente en el sector de servicios: los puestos que antaño habían ocupado los negros y latinoamericanos.

La apuesta por el supremacismo blanco de corte fascista que había hecho la llamada América Profunda se le giró en contra y fue un estrepitoso fracaso. El mestizaje se impuso en ambas costas y en el sur y se generó un nuevo tipo de racismo que impregnó las nuevas clases medias y dirigentes: los WASP estaban estigmatizados, y ahora sufrían el desprecio que, tiempo atrás, habían tenido contra las personas de piel oscura.

De todas formas, los sentimientos racistas, aunque a menudo negados en público, ya que se imponía la corrección política, se focalizaron en contra de los europeos, que formaban el grueso de la inmigración ilegal. Con el nombre despectivo de *vikingos* se denominaba a toda la población europea que entraba ilegalmente en la Unión de Estados de América del Norte, un equivalente americano de la extinta Unión Europea, y que estaba formada por Estados Unidos, México y Canadá.

Como la entrada de europeos era normalmente por las extensas costas canadienses, muy difíciles de controlar, los más abiertamente racistas llamaban a los europeos *pies helados*.

George V. Winkle no había imaginado que su nuevo cuerpo pudiera ser un estigma que lo situara en la marginalidad. Ahora tenía la piel mucho más clara que la mayoría de los norteamericanos, población mayoritariamente mestiza, a la que los genes latinoamericanos y orientales, junto con los que llegaron siglos atrás procedentes de África, habían oscurecido piel y pelo: el rubio claro del pelo de Asmas y sus ojos claros, ahora de Winkle, eran vistos como sospecha de ilegalidad.

Ya hacía algunos días que se levantaba de la cama y los fisioterapeutas empezaron a hacer su trabajo. Las sesiones con su *coach* historiador iban avanzando por buen camino y ya casi no tenía dificultad para entender aquel idioma, pese a que la prosodia le resultaba infernal, mezcla de inglés y español, con mucha influencia del chino.

Una cierta monotonía se instaló en su nueva vida. Los que se ocupaban de él, desde los médicos hasta el personal de la limpieza, eran siempre los mismos. Intercambiaba con ellos breves frases y, aunque el trato era cortés, no le aportaba demasiada distracción. Por la ventana veía el campo abierto de lo que Víctor le había explicado que era una finca en la que se hallaba el centro de investigación, cercano al pueblo de Lavaca, en Texas. El paisaje no era ninguna maravilla, aunque tampoco podía calificarse de feo: era una tierra llana, con algunos árboles y arbustos dispersos.

El centro de investigación de 3D Organic Printing en el que se encontraban era bastante parecido al que había creado Winkle cuando inició el programa que había llamado Objetivo Gutenberg: un conjunto de edificios, rodeado de importantes medidas de protección, que albergaban desde laboratorios, hasta edificios auxiliares o viviendas para el personal. No era un hospital, aunque hubiera una zona destinada a quirófano y sus dependencias complementarias. El habitáculo que ocupaba se fue transformando, a medida que se iba recuperando, desde el aspecto inicial de cubículo de UCI que tenía cuando despertó, hasta el actual, de habitación confortable de clínica de lujo. Iban desapareciendo los aparatos estrictamente médicos, como respiradores o desfibriladores, al tiempo que eran substituidos por muebles y objetos decorativos, al ritmo de su mejoría.

Ahora pasaba más horas en la cómoda butaca o dando pequeños paseos, que en la cama. Ya podía comer, aunque muy mal según su gusto anticuado, en una pequeña mesa, sentado como Dios manda, sin la incomodidad que supone hacerlo en la cama como los primeros días. La habitación, que estaba en una planta baja, tenía una puerta acristalada que daba a una terraza a la que salía a tomar el sol cuando le apetecía.

En su tercera semana de recuperación, una mañana le pasaron una llamada de Víctor. Se dio cuenta de que era la primera vez que hablaba por teléfono, ya que no tenía a quién llamar, ni quién lo llamase. Víctor Frank, como siempre, fue directamente al grano.

—Quería hacerte esta pregunta personalmente y te pido que respondas con total libertad. ¿Te parece bien que esta tarde vengan a verte la viuda y el hijo de Asmas? —le dijo Víctor, con quien había pasado al tuteo.

—No tengo ningún inconveniente —respondió y, tras un breve silencio dijo—: Ahora soy yo quien te pide que me respondas sin ambages una pregunta.

—Siempre lo hago.

—¿Tienes algún interés en esa visita? ¿Hay algo que quieras obtener de ella o alguna cosa que quieras evitar?

—¿Crees que si fuera el caso, no te lo habría dicho? Haz lo que quieras. Di lo que quieras. Si quieres estar de buen rollo, perfecto; si quieres mantenerte distante, también perfecto. Si te quieres tirar a la viuda de Asmas, no tengo inconveniente —afirmó con la seguridad con la que estaba acostumbrado a hablar. Añadió en un tono irónico—: lo único que te pido es que no violes al niño. Te volverían a ejecutar y habríamos perdido muchos millones para nada.

—Si fuera una chica de veinte años… no te podría prometer nada, pero no me van los niños —contestó siguiéndole la broma.

La visita se produjo a media tarde. En primer lugar, entró una agente de inmigración que le puso la cabeza como un bombo, recitando un montón de artículos de leyes y reglamentos, sin que tuviera sentido alguno hacerlo. Era una mujer baja y gruesa, con una cara que no mostraba empatía alguna. Se la notaba convencida de que cumplía perfectamente su trabajo y, como dentro de sus obligaciones, estaba la tarea de supervisión de las visitas, tenía que advertir a las personas condenadas por delitos sexuales que no podían hacer ningún gesto que pudiera resultar dudoso: le advirtió de que no podía darle ningún beso al niño, aunque sí se permitía que este le besara en la mejilla, a una distancia mínima de tres centímetros de los labios; no podía tocar al niño de cintura para abajo, no podía… todo apoyado por la cita de artículos de algún reglamento que, pensó Winkle, había sido escrito por algún pervertido, dado lo detallado que era. Cuando la agente le recordó que no podía ofrecerle al niño ninguna bebida alcohólica, ni ningún tipo de droga, incluyendo tabaco, o cualquier fármaco de efectos tranquilizantes o psicotrópicos, no pudo reprimir un gesto despectivo, mientras le respondía:

—Con todos los respetos, señora, ¿de dónde quiere que saque cualquier cosa de las que me dice? ¿No le parece que todas esas advertencias son una estupidez porque no pueden aplicarse a este caso?

—La Ley, en los Estados Unidos, no es ninguna estupidez y mi obligación es recordarle esto para que después no intente alegar ignorancia, como suelen hacer todos los *vikingos*. Mi obligación es proteger al niño de un delincuente como usted, condenado por asesinar y violar menores. Cumpliré con mi obligación, le guste o no —afirmó llevando su mano de forma amenazadora a lo que parecía un modernísimo modelo de pistola Taser que llevaba colgada de su cintura junto con toda una parafernalia de grilletes, radio, pistola convencional y otros estuches de cuero que debían contener las cosas más inverosímiles que pudiera necesitar.

Por un momento Winkle pensó decirle que ni él había pedido aquella entrevista, ni tenía el menor interés en ver a aquel niño, y que nunca había besado a alguien con una cinta métrica en la mano para ver si la boca estaba a dos o a tres centímetros... y sobre todo que no tenía ni interés ni ganas de soportar todas aquellas estupideces, sí, estupideces, que le explicaba amenazadoramente y que no venían al caso.

Se controló y calló pensando que, si era importante para un niño que hacía poco había perdido a su padre, no iba a ser aquella idiota la que lo iba a impedir. Decirle cualquier cosa a aquel asno uniformado no serviría de nada: en seguida se distingue quien es capaz de entender algo, de quien no tiene más capacidad de diálogo que un loro. Al final, Winkle usó el tono y la velocidad lenta que usaba cuando quería humillar a alguien que trataba de hacerse el listo, y silabeando dijo:

—Querida señora, creo que entiendo lo que me quiere decir y le agradezco mucho que me haya explicado con tanto detalle y claridad lo que puedo y no puedo hacer. De todas formas, quisiera que tuviera en cuenta que yo no soy el difunto Gregor Asmas, sino George V. Winkle. Nunca he estado acusado ni condenado por nada y, desde luego, nunca se me ocurriría cometer un delito sexual. Le puedo asegurar que la pederastia no es una opción, que ni tan solo haya considerado durante mis treinta y cinco años de vida. Tengo la misma atracción por los menores que la que pueda tener un asno por la mecánica cuántica.

—Todos los delincuentes tienen explicaciones que parecen muy convincentes. He oído de todo, y eso de que en lugar de niños le gustan las mecánicas no sé qué, es una excusa nueva —contestó con la chulería de los necios que nada entienden. Continuó pasando al tuteo—. No te creas que a mí un *pies helados* me engaña con esas tonterías de cambio de nombres. Hasta ahora he estado muy correcta, pero ni se te ocurra, rubito de mierda, intentar tomarme el pelo, porque tengo muy mala leche. ¿He sido suficientemente clara para que puedas entenderlo?

En aquel momento, Winkle empezó a sospechar que su nuevo cuerpo le iba a traer graves problemas. Nunca imaginó que podía ser objeto del racismo irracional (el racismo siempre lo es) por parte de idiotas a los que un uniforme se les sube a la cabeza y confunden el razonar con el imponer con una pistola: «Vencer no es convencer» pensó, sin poder recordar al autor de la frase. Poco había cambiado el mundo en esos años: un uniforme y un arma seguían siendo la base de la razón para la gente falta de inteligencia y, curiosamente, se seguía armando y uniformando a los más cerriles.

Su preocupación aumentó al pensar que, tal como le había sucedido con aquella agente de inmigración, cuando la gente le viera con el cuerpo de Asmas, solo muy pocos serían capaces de entender que no lo era. Eso no lo había previsto.

¿Acabaría él, George V. Winkle, secuestrado por el cuerpo de un violador asesino, con todo lo que ello implicaba, si la mayoría de la gente era incapaz de entender que era Winkle y no Asmas?

La primera experiencia con una persona externa al programa de impresión cerebral había sido nefasta: no había entendido nada. Ahora, lo verdaderamente importante era saber si la mayoría de las personas iban a reaccionar como aquella estúpida agente o de una manera razonable, es decir, como los científicos que habían participado en la implantación de su cerebro. Un escalofrío de pesimismo recorrió el cuerpo de Asmas y el cerebro de Winkle.

George decidió no replicar a las provocaciones de la funcionaria, ya que no tenía por costumbre dialogar con las acémilas. Cerró los ojos y centró su atención en el impacto que iba a tener su nuevo cuerpo en su vida futura. Un grito agudo lo sacó de sus cavilaciones.

—¡Papá! —gritó un niño que se le echó encima, abrazándolo mientras le caían lágrimas de alegría.

No por esperada, la situación era menos incómoda: un niño abrazado que llorando le suplicaba que no volviera a dejarlo solo; un boletín oficial escrutador en forma de uniformada funcionaria gordinflona, pendiente de las distancias reglamentarias de las manos al responder el abrazo del niño; una mujer joven que lo miraba con un sentimiento oscilante entre la felicidad de reencontrar al marido querido al que pensaba que no volvería a ver, y un odio profundo como si fuera él el demonio que había matado a su esposo para robarle el cuerpo; y un profesor Higgins observando lo que sucedía, sin saber cuál era su papel, pero convencido de que el señor Estón lo responsabilizaría si cualquier cosa salía mal, sin que tuviera la menor idea de lo que podía significar *salir mal.*

Winkle era suficientemente inteligente y le sobraban habilidades sociales para manejar situaciones difíciles. Inmediatamente prescindió de la presencia de la funcionaria y de Higgins. Con el niño utilizó todas sus capacidades para evitarle una decepción, pero, al mismo tiempo, para no decir nada que pudiese herirlo o engañarlo. El problema era la madre: si no le daba un abrazo, el niño lo encontraría muy extraño; pero si lo hacía, estaba seguro de que notaría la hostilidad de quien cree que le has matado a su ser más querido.

Una persona que había llegado a tener el poder y la riqueza que tuvo Winkle antes de su *resurrección*, era muy capaz de controlar sus sentimientos. Sus decisiones no siempre habían sido fáciles y se había acostumbrado a tomarlas de manera fría y, aunque nunca le había gustado hacer sufrir a nadie, era consciente de que muchas veces habían provocado sufrimiento y desgracias.

De las muchas circunstancias tensas que había vivido, esta era nueva y extraña. La mirada de aquellos ojos azules le golpeaba en lo más profundo de su…, de su yo, significara lo que fuera esta palabra. No podía decir de su corazón, porque el corazón que latía dentro de su pecho no era suyo, era de otro hombre y le pertenecía más a aquella mujer que lo miraba, que a él mismo.

Ciertamente, lo del corazón era una metáfora, pero hay momentos en los que las metáforas se revuelven contra su sentido y se difumina la diferencia entre el objeto y la imagen. ¿Es absurdo pensar que las metáforas se pueden invertir? ¿No era él mismo una simple copia que había sobrevivido a su original?

Un abrazo, que le pareció un baño en nitrógeno líquido, a la mujer de ojos azules, de la que Winkle desconocía el nombre, y una pregunta sin repuesta, pero bañada con lágrimas infantiles, sobre cuándo volverían a verse, fue el epílogo del momento en el que la uniformada agente de inmigración, portavoz de algún gris burócrata que había reglamentado la duración de los encuentros entre los niños con los que creían que eran sus padres, puso fin a la entrevista.

—¿Y ahora qué? —preguntó Winkle a Higgins.

—Antes de un mes los deportarán a Alemania. Supongo que no es fácil ver sufrir a un niño de ocho años que cree que usted es su padre.

—No, no es fácil. Tampoco es noble sufrir las flechas y dardos de una suerte... ¡Déjelo correr! Por cierto, ¿sabe cuál es mi situación legal? Nunca hemos hablado de esto.

—¿Se refiere al dinero que tenía?

—No. Eso lo doy por perdido. Víctor ya me dijo que mi grupo empresarial había quebrado.

—Supongo que tendría dinero en lugares seguros...

—Claro que tenía, pero ¿cómo cree que me podría identificar? Sería un galimatías legal y no quiero dedicar mi nueva vida a procesos judiciales. ¿Recuerda a John Augustus Sutter, también llamado Don Juan Sutter?

—*El señor de San Francisco*, aunque en realidad debería decirse el señor de Sacramento.

—Exacto. No quiero hacer como él. De todas formas, no me ha contestado, profesor Higgins. No intente evitar darme una respuesta.

—Los abogados del señor Estón están en ello. De momento, los tribunales no se han pronunciado. No se preocupe, no es una cuestión que se haya dejado de lado.

—¿Puede hacerme un favor?

—Depende de lo que sea, pero por poco que pueda, lo intentaré.

—Había un bufete de abogados en Philadelphia especializado en fideicomisos, testamentos y últimas voluntades, en el que, en su momento, ingresé una muy importante cantidad para hacer frente a posibles problemas futuros, es decir, por si los necesitaba cuando me... imprimiesen. Hice ese depósito para hacer frente a sus honorarios, ya que imaginé que no dispondría de una suma tan importante de dinero en el futuro. El nombre del bufete es Sharman, Briggs y Asociados. ¿Podría hablar con ellos y explicarles mi caso? Me gustaría que me ayudasen y estoy seguro de que no rehuirán las obligaciones que contrajeron cuando les hice la provisión de fondos.

—Tengo que consultar con el señor Estón, pero no creo que ponga ningún inconveniente. De todas formas, su situación no se trata de una cuestión exclusivamente legal.

—¿Qué quiere decir?

—Hay cosas de las que aún no hemos hablado.

—¿Me está diciendo que estoy prisionero o que esto es un experimento secreto? ¿Significa que tengo que quedarme recluido de por vida? ¡Hable claro, señor Higgins!

—No está prisionero de nadie, excepto de los prejuicios de los tiempos en los que vivimos. De esos prejuicios es usted tan prisionero como yo o como cualquier otra persona que encuentre por la calle. ¿Recuerda la desconfianza que había en su época contra la investigación con células madre? ¿Cree que, en menos de un siglo, la humanidad se ha liberado de los prejuicios? Sigue habiendo creacionistas y gente que tiene más confianza en una holografía de la Virgen del Monte o en las *paramedicinas*, que en los linfocitos modificados genéticamente para destruir las metástasis de un cáncer. Usted no es el prisionero, es el mundo entero el prisionero de las ideologías y de las religiones.

—Muy bien. Recibida y entendida la lección teórica. Ahora, por favor, explíqueme en que se traduce todo esto en mi situación.

El historiador le explicó lo que Winkle ya empezaba a sospechar. El integrismo religioso, siempre latente, resurgía cada vez que la ciencia daba un paso adelante que podía poner en cuestión alguna de sus creencias: cuando se conoció la noticia de la impresión de su cerebro y de su implantación en el cuerpo de Asmas, sucedió lo mismo que cuando Copérnico dijo que la Tierra giraba alrededor del Sol o cuando Darwin propuso la teoría de la evolución.

Los integristas religiosos, y otros no tan integristas, opinaban que identificar alma y cerebro era una aberración, no solo porque el alma no tenía una ubicación física, sino también porque solo la podía dar Dios. Solo Él podía crear vida. Si Asmas murió, su alma abandonó su cuerpo. Lo que ahora se suponía que era Winkle, no era más que algo artificial, ya que implantaron en un cuerpo sin vida un simple ingenio cibernético: por lo tanto, no era más que una cosa y, en consecuencia, no podía tener ningún derecho como persona. No era humano, era un objeto.

Había otra opción: los que decían que el alma de Asmas no había abandonado su cuerpo, ya que no tiene una ubicación física determinada: el cerebro es un órgano más y, de la misma manera que el alma no abandona el cuerpo de alguien porque le quiten ambos riñones, lo mismo sucede con el cerebro. En ese caso, aunque le hubieran renovado alguna parte de su cuerpo, era como si le hubiesen implantado un riñón o una prótesis que substituyera una mano amputada: seguía siendo él, Gregor Asmas, un reo condenado a muerte al que no se había ejecutado.

—O sea —concluyó Winkle—, o soy un objeto o me tienen que ejecutar. Ninguna de las opciones me parece demasiado atrayente, la verdad. Y, claro, eso lo dice la gente que se llena la boca hablando de misericordia y cosas por el estilo... ¿Cómo están las correlaciones de fuerzas entre unos y otros?

—Es difícil decir quiénes son unos y otros, ya que se intercambian de bando sin que les suponga el más mínimo problema ideológico. Recuerde que en su época había científicos que también creían en cosas irracionales.

—Era infantil imaginar que la humanidad se hubiera vuelto más racional con el paso de los años...

—También hay gente que, sin ser practicante de ninguna de las religiones tradicionales, está en contra de lo que hemos hecho... Recuerde en su época la lucha contra la modificación genética de algunas plantas que permitió terminar con el hambre: aun así, muchísima gente luchaba contra esas prácticas.

—Los ignorantes de siempre, que mezclan las partes que les gusta del ecologismo, del esoterismo, de la religión, del utopismo y, en definitiva, de todas las explicaciones sencillas para un mundo complejo que no son capaces de entender: los mismos integristas de toda la vida.

—Es cierto, pero sumando los dos grupos…

—Que yo considero uno solo.

—Y añadiendo las actitudes racistas disfrazadas, su número aumenta cada día. De todas maneras, aquí está usted seguro.

—Seguro… por el momento. En cualquier caso, si puede hacerme el favor de contactar con los de Sharman, Briggs y Asociados, se lo agradecería.

Aquella conversación le confirmó que las cosas se estaban complicando. Tenía dos salidas: luchar o desaparecer. Primero tenía que confirmar que los de Sharman, Briggs & Associates aún tenían a buen recaudo una copia informática del archivo de su cerebro; de ese modo, si las cosas se ponían muy mal, su cuerpo actual podría morir y su yo esperar que en un futuro volvieran a imprimirlo… si es que alguien lo hacía.

¿Habría en el futuro otro Víctor Frank Estón y un ambiente social más propicio? Como es lógico, no podía saberlo.

Tres días después, recibía la visita de un socio del bufete de Philadelphia. Lo identificó inmediatamente al verlo entrar, ya que iba vestido de una manera tan pasada de moda que a él le parecía moderna, es decir, desde que tenía recuerdos de hacía más de setenta años.

El mundo podía cambiar, pero Sharman, Briggs & Associates competía en inmutabilidad con la disposición de las estrellas: solo muy pequeñas modificaciones únicamente apreciables después de muchas generaciones. Las noticias que le proporcionó aquel abogado no eran buenas, aunque su caso lo habían tomado en el bufete como una cuestión de prestigio.

Habían valorado la propaganda negativa que les podía suponer defender posturas contrarias a la religión o que defendiesen a un *rubito de ojos azules*, a un *vikingo* o a un *pies helados* (naturalmente sin usar ninguna de esas expresiones), algo que sería mal visto por algunos de sus clientes, pero, al final, decidieron que lo más importante era mantener el prestigio de su institución (los socios siempre se referían al bufete con este nombre). Pensaban que sus clientes importantes lo que más valoraban era que, fueran las que fueran las condiciones, creyesen o no en ellas, eran capaces de defender *in aeternum* las últimas voluntades de sus clientes. Esa era su razón de existir y, pese a todo, consideraron que aquel caso reforzaría su prestigio.

La primera noticia que le dio el abogado fue que la Asociación Nacional del Rifle, que actualmente había cambiado el color de su racismo, pero no su ideología autoritaria, había interpuesto una demanda para que, mientras se decidía si debía ser ejecutado de nuevo, fuera castrado.

—Esto sí que es quererme cortar los huevos de forma literal —exclamó riendo Winkle.

—En realidad se trata de castración química —quiso explicarle el abogado, demostrando que no había entendido que alguien, delante de un absurdo de esa magnitud, pudiera ser irónico.

Le explicó que la estrategia era plantear la cuestión en algún tribunal de Nueva Inglaterra, ya que en el sur y en el oeste era difícil que en el jurado pudiera haber alguien de origen europeo. No parecía una idea mala, pero tampoco era una solución segura.

Cuando le confirmaron que («Naturalmente, ¿cómo ha podido dudarlo?») en Sharman, Briggs & Associates conservaban en lugar seguro los archivos del escáner atómico de su cerebro, volvió a plantearse si merecía la pena pasar todo el calvario que se le venía encima, o era mejor desaparecer (*morir*, habrían dicho algunos) y volver a vivir (*resucitar*, hubieran dicho muchos) en un futuro más libre de perjuicios.

Él, un hombre blanco, culto, multimillonario y poderoso, nunca pensó que podría ser objeto de rechazo social. Pese a no ser un imprudente, Winkle no estaba acostumbrado a darse por vencido. Si los judíos del Holocausto, Gandhi o Rosa Parks no se habían rendido, él tampoco lo haría, pese a que su intención no era hacer una cruzada contra la discriminación. Era una simple cuestión de libertad individual: ni el racismo ni las religiones le dictarían su conducta.

Pasaban los días y no había novedades de ninguna de las cuestiones judiciales pendientes. Como ya se encontraba completamente restablecido, le propuso a Víctor Frank empezar a hacer alguna salida fuera del entorno protegido del laboratorio y visitar la ciudad. Ante su insistencia, Víctor, pese a que no lo veía claro, cedió.

—De acuerdo, pero llevarás gente de mi servicio de seguridad.

—¿Para protegerme o para vigilarme?

—No me toques las pelotas. Si quieres salir solo, hazlo, pero piensa que los ánimos están muy exaltados.

Durante las dos horas que duró su primera salida, tuvo que escuchar todo tipo de insultos. Aunque ya sabía que podía pasar, los gritos de *¡violador!*, *¡que le corten los cojones al rubito!*, *¡que lo ejecuten* *de una vez!, ¡blanco de mierda!, ¡le romperemos el culo a tu hijo y a tu mujer!*, junto a otros del mismo cariz, le confirmó que la animadversión que generaba era tanta como la que le habían dicho.

Cuando entraron en un bar, lo peor no fue que se negasen a servirle la cerveza que había pedido. En unos minutos lo rodearon seis personas con la clara intención de agredirle.

El incidente se saldó con cuatro puntos de sutura en la cabeza por el impacto de una botella, que alguien lanzó, mientras que los guardaespaldas que le había puesto Víctor Estón, unos negros cuya altura superaba la media de los jugadores de la NBA y su corpulencia era paquidérmica, le cubrieron la retirada dando golpes indiscriminadamente a diestro y siniestro. Este fue el primer aviso.

Otros intentos de salida del pueblo-laboratorio que se había convertido en su residencia terminaron de manera parecida.

La resolución del tribunal tejano sobre la castración llegó pronto y, como se esperaba, era a favor de los castradores. En este momento empezó a mostrarse la capacidad de Sharman, Briggs & Associates de hacer una exhibición de su capacidad en el uso de todas las triquiñuelas jurídicas. Empezaron pidiendo la suspensión temporal de la misma y comenzaron su estrategia de confusión lanzando un montón de demandas y contrademandas, recursos a instancias superiores, recusaciones y demás acciones que lo convirtieron todo en un galimatías jurídico tal, que todo el asunto acabó pareciendo un ovillo de lana, con el que un par de gatos hubieran jugado todo un día. Pasarían años antes de que hubiera una resolución definitiva.

Víctor Frank lo visitaba como mínimo una vez a la semana.

—¿Sabes que la viuda de Asmas me ha hecho llegar la petición de que su hijo pueda verte otra vez? —le sorprendió el propietario de 3D Organic Printing.

—Pobre chico… ¿Crees que puede entender algo de lo que sucede?

—En todo caso, no lo entiende menos que todos los energúmenos que hay movilizados. Si no fuera una cursilería, diría que es mejor la ignorancia por amor que por odio.

—Te ha quedado una bonita frase, Víctor, pero no me has contestado.

—No tengo respuesta. Ni tan solo sé si su madre lo entiende.

—Nunca olvidaré su mirada. Es difícil mezclar la ternura hacia el cuerpo de un ser amado, con el odio hacia mí, por creer que le había robado al marido.

—La mirada de amor-odio de las parejas que se separan, de los amores desengañados, de los desamores, de las traiciones entre padres e hijos…

—No. Era una mirada aún más contradictoria que todo esto. Era una mirada que mostraba lo que tú dices, mezclada con la incredulidad y la estupefacción de ser la primera persona a la que le sucedía algo así. Que la pareja a la que quieres te engañe te produce un sentimiento de odio ya conocido; pero eso entra dentro del juego del amor. Sabes que no eres ni la primera persona a quien le sucede, ni la última. La viuda de Asmas ha sido la primera persona que ha visto el cadáver de su marido profanado, pero vivo, y en manos de otra persona.

—No subestimes el sufrimiento que ha habido a lo largo de toda la Historia. Cosas peores han sucedido. No, George, la viuda de Asmas no es la persona que más ha sufrido…

—La viuda de Asmas, la mujer de Asmas, la viuda de Gregor, la mujer de ojos azules, la madre del hijo de Asmas, la inmigrante ilegal pendiente de expulsión, ... ¿sabes que ni tan solo sé cómo se llama? Detesto hablar de ella como una mujer sin nombre.

—Margaret, se llama Margaret. En Alemania se llamaba Grete, pero aquí americanizó su nombre.

—¿Cuándo los deportan?

—Pronto. Hemos conseguido retrasarlo tres semanas, pero no creo que podamos lograr mucho más. Estamos colaborando con una organización de derechos humanos que tienen buenos especialistas en esas cuestiones.

—¿Te parecería bien que les pidiera a los de Sharman, Briggs y Asociados que hicieran algo?

—Si lo mezclamos con tu caso..., puede que tengan alguna idea, aunque ya sé que me costará un buen dinero su minuta.

—Todo lo que hacen para velar por mis intereses lo cubre ampliamente la provisión de fondos que les hice hace años. Ese era el compromiso. No tendrás que pagar nada.

—No creo que consideren que este asunto de Margaret entre en el acuerdo. De todas formas, no te preocupes por el dinero. Esta guerra la empecé yo y no estoy acostumbrado a perder ni a dejar las cosas a medias. Supongo que en eso nos parecemos. Mis empresas van solas: mis directivos funcionan mejor si no les molesto. Ahora me tienen entretenido con este asunto, y todos colaboran para que siga en él y los deje trabajar en paz. Mi imperio económico crece cada día más, aunque estoy seguro de que algún día se hundirá como pasó con el tuyo o con el de Bill Gates y otros muchos; pero a mí aún no me ha llegado el momento. No sé si te lo he comentado, pero Sharman, Briggs y Asociados también llevan mis testamentarías y esas cosas.

—Lo suponía, antes eran los mejores.

—Y lo siguen siendo. Cuando se trata de un tema no relacionado directamente con su especialidad, tienen tantos contactos con expertos en cualquier rama del derecho, que son capaces de formar rápidamente un equipo para abordar cualquier cuestión. Me parece buena idea meterlos en esto: su capacidad para enredarlo todo es infinita. Cuanto más compliquemos esta guerra, más desconcertaremos al enemigo.

—¿Quién es el enemigo?

—No lo sé, George. ¿Lo sabes tú? —preguntó soltando una carcajada.

—Las religiones, los idiotas, los racistas, los cortos de miras…, es decir, todos los que tienen miedo.

—Por cierto, ¿por qué te interesas por Margaret y el niño? ¿Es por ella o por el niño?

Winkle no pudo contestar la pregunta. Aquel niño le daba mucha pena. Él no había tenido hijos ni nunca los había deseado, pero no era insensible a su inocencia. Detestaba que alguien tomase decisiones que afectasen a otros sin poder intervenir, y los niños eran el paradigma de ello. Aquel pobre chico se había encontrado sin padre por miles de circunstancias que le eran completamente ajenas. Sabía perfectamente que lo mismo les sucedía a millones de niños de todo el mundo, pero aquel había acudido a él, lo había abrazado pidiéndole que no lo abandonase.

Empezó a buscar explicaciones para justificarse, para encontrar un motivo por el que debía protegerlo. Su instinto y su voluntad le impulsaban a ello, pero no encontraba ningún motivo racional que lo justificase. Por fin lo encontró:

—¡Lo protegeré porque me sale de los cojones! —se dijo a sí mismo, convencido de la validez de su argumento.

La maquinaria de Sharman, Briggs & Associates, engrasada por una nueva provisión de fondos de Víctor Estón, se puso a funcionar inmediatamente. Sus contactos con los mejores bufetes administrativistas les proporcionaron los complementos necesarios a su estrategia. Winkle sonreía cuando imaginaba un poderoso ejército de abogados de élite atacando las anquilosadas estructuras de los servicios de administración. Imaginaba a la chulesca agente que había conocido, aquella mujer de cerebro de reglamento con artículos circulando por sus venas, rodeada de pirañas vestidas con toga royéndole el cuerpo.

Por supuesto, la orden de expulsión se suspendió hasta que un caduco organismo, que llevaba largo tiempo sin reunirse, emitiese un informe que se debía presentar a una comisión que llevaba diez años de retraso en la resolución de los asuntos urgentes y cuestiones extraordinarias. Evidentemente, evaluar este informe no era ni urgente ni extraordinario, motivo por el que iría a la cola de asuntos pendientes. Después, todo aquello lo examinaría un tribunal que dictaría una sentencia en un término no superior a cinco años, pero el recurso a la instancia superior no estaba sujeto a plazos tan breves... En resumen, según los abogados de Sharman, Briggs & Associates, la expulsión no se podría hacer efectiva antes de cincuenta o sesenta años en el caso más desfavorable para los intereses de Margaret.

El caso de su hijo, todavía podía tener un mayor recorrido, ya que podía alegar indefensión por ser menor de edad en el momento en el que empezó la demanda, por lo que era muy probable que todo volviera a empezar.

Madre e hijo habían podido abandonar el centro de internamiento cuando una legión de abogados, notarios, agentes judiciales y periodistas bien seleccionados, le entregaron una montaña de órdenes judiciales, amenazas de demandas de todo tipo, citaciones para no se sabe qué y otros cientos de páginas de documentos ininteligibles a la agente que, aquel día, era la responsable de guardia del centro: la misma que Winkle imaginaba devorada por pirañas togadas. Nadie sabía si la fecha de la exigencia para la liberación de Margaret y su hijo había coincidido con el día de guardia de la citada agente por pura casualidad, o si era fruto del especial sentido del humor de Sharman, Briggs & Associates.

El hecho es que la eficiente servidora pública acabó en un hospital por una crisis de angustia y con una baja por depresión de seis meses. Nunca antes había faltado ni un solo día a su trabajo.

Por fin se produjo, esta vez sin supervisión de agente alguno, la segunda cita entre Winkle y la viuda e hijo de Asmas.

El niño no entendía que su madre le explicara a su padre cosas que él sabía perfectamente, como que en Alemania, Grete era concertista de viola y tocaba en la Filarmónica de Frankfurt, hasta que se disolvió la orquesta porque ya no se podía pagar a los músicos por culpa de la Gran Crisis; que en los altercados y guerras regionales que se desataron en aquella época, murieron muchos miembros de su familia y de la de Gregor; que entre morir de hambre o intentar el paso por el norte, haciendo escala en Groenlandia, para llegar a Canadá, no había opción: tenían que arriesgarse, pese a tener que viajar con dos niños pequeños; que en Groenlandia tuvieron que esperar en un campo de refugiados, hasta encontrar la posibilidad de embarcarse en una de las frágiles embarcaciones sobrecargadas de emigrantes que, de manera ilegal, atravesaban aquellas aguas heladas, para desembarcarlos en las extensas costas canadienses, difíciles de controlar.

Continuaba la sorpresa del niño cuando le explicaba el viaje, ya que el padre sabía muy bien que la niña no lo resistió y fue enterrada en el mismo campo de refugiados en el que estaban, cerca de Thule, en una tumba que fue muy difícil excavar por la dureza del *permafrost* y que, posiblemente, su cuerpo helado aún permanecía allí sin haberse descompuesto.

Ella, su marido y el niño superviviente consiguieron llegar a las costas canadienses, en un horrible viaje por aquellas aguas gélidas, sorteando hielos y azotados por vientos, y luego tuvieron que recorrer miles de kilómetros hasta llegar a Texas; el viaje fue muy duro, pero cada paso hacia el sur les acercaba a un clima mejor. Escondiéndose y tratando de evitar a policías y agentes de inmigración consiguieron llegar al lugar en el que parecía más fácil encontrar algún trabajo, pese a que su condición de ilegales era terreno abonado para la explotación.

Aunque el niño no comprendiese el motivo por el que su madre le explicase todas estas cosas a su padre como si no las hubiera vivido junto a ella, Margaret continuó con la explicación.

Le contó la sorpresa que tuvieron al encontrarse con la actitud racista hacia los europeos rubios y zarcos. Aparte de los grupos violentos que los atacaban o insultaban, lo que más humillante les resultaba era el racismo soterrado, los pequeños detalles diarios de desprecio y desconfianza. Por supuesto, en ningún momento pensó en buscar un imposible trabajo en una orquesta. También era impensable dar clases particulares de música, entre otros motivos, porque el habitáculo en donde vivían, antes de ser internados en el centro de deportación, era un cuartucho que compartían los tres, realquilados en un piso de un edificio degradado, en un suburbio conflictivo. Allí no se podía recibir a nadie para enseñarle a tocar un instrumento.

La vida que llevaban era fácil de imaginar. Conseguían lo justo para comer a cambio de vivir siempre atemorizados, tanto por la violencia del barrio y de los grupos racistas, como por una posible detención y expulsión del país, lo que hubiera significado que las penalidades sufridas y la muerte de la niña no habían servido para nada.

Otras opciones de emigración como la China, la máxima ilusión de cualquier europeo, eran impensables. Además del idioma, que era un obstáculo muy grave, ya que allí casi nadie hablaba inglés desde que se convirtió en la primera potencia mundial, sus fronteras eran infranqueables. Hacía siglos, dijo, que era el país de la Gran Muralla, de la que estaban muy orgullosos. Fue la única ironía que Margaret se permitió durante toda la explicación.

La primera lágrima brotó de sus ojos azules cuando empezó a hablar de su marido. Según ella, fue la historia de una Lolita caprichosa de casa bien que utilizó a Gregor para sus juegos adolescentes. Era cierto que él cayó en la trampa y fue incapaz de medir las consecuencias de algo que nunca hubiera tenido que ocurrir.

Sobre la muerte de la niña, Margaret sostenía que había sido un accidente, que la policía no tuvo en cuenta las pruebas en este sentido, y que el juicio fue una farsa con un jurado que decidió por racismo. Era normal que ella opinase así, especialmente delante de su hijo.

Winkle nunca se pronunciaba sobre nada sin escuchar las dos partes. De todas formas, en este caso, además, no le importaba saber lo que había sucedido: la niña estaba muerta, Gregor estaba muerto y la culpabilidad o inocencia no resucita a nadie.

Le preguntó qué iba a hacer en el futuro y Margaret le dijo que no lo sabía. Los cien mil dólares de Víctor Estón eran mucho dinero en Europa, pero muy poco en Estados Unidos. En Alemania ya no le quedaba familia, ni propia, ni de su marido; además, el clima de violencia fruto de la práctica desaparición de la autoridad estatal, con el consiguiente dominio de las mafias, le hacía temer por su vida y la de su hijo. La opción de quedarse tampoco era halagüeña: sería vivir en unas condiciones deplorables; tendría que cambiar no solo de ciudad, sino también de estado. El racismo en el sur y el oeste era demasiado activo y ella nunca sería más que la viuda de un asesino violador.

George pensó en pedirle a Víctor que diera trabajo a Margaret en alguna de sus empresas, lejos de allí, pero ella no hubiera aceptado la ayuda de la persona que consideraba que había contribuido a la muerte de su marido. En el fondo, ella sabía que no era cierto, pero emocionalmente no podía dejar de sentirlo así.

Desde que salió del centro de internamiento, Víctor F. Estón les había dejado uno de los apartamentos, destinado al personal auxiliar, que había en el complejo de laboratorios. Pese a que allí podían vivir cómodamente y tenían sus necesidades básicas cubiertas, así como su seguridad garantizada, Margaret deseaba marcharse cuanto antes, para no tener nada que agradecer al propietario de 3D Organic Printing. Si aún permanecía allí, era porque no sabía adónde ir.

En una de las demandas que Sharman, Briggs & Associates había puesto para evitar la expulsión, no se pudo evitar que el juez citara a declarar a madre e hijo y los obligara a ir personalmente. Se esperaban disturbios, porque la agresividad de los que consideraban que no se había ejecutado a Gregor Asmas la empezaban a focalizar en su esposa e hijo. No se había vengado la muerte y violación de la hija de los Sánchez-Brown, y alguien tenía que pagar por ello.

Se pidió la correspondiente protección policial y recibieron la respuesta de que todo estaba controlado. La realidad desmintió en seguida esta afirmación: el despliegue para la seguridad de los declarantes se demostró claramente insuficiente y, madre e hijo, empezaron a sufrir la ira de la multitud que se había congregado en la puerta del juzgado. En un inicio, fueron solo gritos e insultos, pero al poco rato el cordón policial se quebró y Margaret y su hijo comenzaron a recibir empujones y algún puñetazo. La agresión fue a más y a los golpes siguieron el lanzamiento de inmundicias, botellas y piedras.

Los escoltas que había enviado Víctor Estón, pudieron evitar el linchamiento, introduciéndolos de nuevo en el edificio del juzgado, atrincherándose hasta la llegada de refuerzos y de un helicóptero de 3D Organic Printing que los rescató desde la azotea y trasladó a ambos heridos al complejo del laboratorio.

Las instalaciones médicas utilizadas para la implantación del cerebro de Winkle en el cráneo de Asmas aún no se habían desmontado y, pese a no ser un hospital, era un lugar seguro. Se les podía prestar una asistencia del mismo nivel que en cualquier centro sanitario, puesto que el mismo helicóptero fue, inmediatamente, a buscar los recursos sanitarios, materiales y humanos, que se necesitaban.

Las heridas de la madre no eran importantes y no ponían en riesgo su vida: una fractura en un brazo, heridas de poca consideración y varios hematomas. El caso del niño era diferente: le habían golpeado la cabeza con un bate de béisbol y no recuperaba la consciencia.

Pese a que las exploraciones ya lo sugerían, cuando lo intervinieron se constató que el traumatismo recibido había afectado de forma irreversible su cerebro y no había posibilidad de que se recuperase.

Es innecesario describir la desesperación de la madre que, en poco tiempo, había perdido al marido y a sus dos hijos: se negaba a aceptar que no podría volver a ver la sonrisa del pequeño.

Víctor Estón fue informado inmediatamente de los hechos y acudió al momento. Siempre afrontaba cualquier situación y, por desagradable que fuera tener que hablar con la madre en aquellas circunstancias, no dudó ni un segundo de que su obligación era estar presente y comunicarle personalmente a Margaret la situación de su hijo.

—Por desgracia su hijo ha muerto, señora —le dijo un Víctor sereno, pero profunda y sinceramente apenado—. Tiene el cerebro destrozado y no hay nada que los médicos puedan hacer. Su corazón aún late, pero ya no es él. No sé si me creerá, pero le digo con toda sinceridad que estoy extremadamente triste por lo sucedido. Tiene que aceptar que nunca más podrá recuperar la consciencia.

—¿Está seguro de que no hay ninguna posibilidad? ¿Y si lo trasladáramos a algún hospital?

—Ninguna posibilidad, lo siento. El equipo de neurocirujanos que lo ha operado lo hemos traído del centro de mayor nivel de Houston, lo que significa de los primeros del mundo. He hablado con ellos y me han asegurado que en el hospital no hubieran podido hacer más de lo que han hecho aquí.

Tras un silencio, Margaret, con voz débil, pero firme, preguntó:

—Y… ¿no podrían imprimirle un cerebro como hicieron con mi marido?

Una onda de aire helado recorrió la salita en la que estaban los tres, ya que Winkle también había querido estar presente. Los dos hombres se miraron una décima de segundo y se entendieron perfectamente, sin decir una sola palabra. Ambos habían pensado que aquella pregunta podría producirse, pero la habían apartado inmediatamente de su cabeza. Tuvieron esa extraña sensación, que sería inexacto calificar como sorpresa, confusión, estupefacción, ni tampoco de desconcierto, temor o extrañeza; pero que, teniendo algo de todo ello, no había palabra que la definiera: era lo que se siente cuando sucede algo que uno se niega a aceptar que puede suceder.

¿Sería la misma sensación que siente un condenado a muerte que espera que su sentencia sea conmutada, cuando oye acercarse la comitiva que lo llevará al patíbulo?

Había que responder, y Víctor se vio obligado a hacerlo:

—Solo hay un archivo de un cerebro en el mundo: el del señor Winkle cuando tenía treinta y cinco años —dijo sin tratar de evitar mirar a los ojos a Margaret y hablando como si George no estuviera presente—. No es el mismo señor Winkle que usted ha conocido, ya que desde el momento en el que despertó con su nuevo cerebro impreso, ha vivido una serie de hechos y emociones que han modificado el cerebro que estaba guardado en los…

—¡Por favor, señor Estón! En este momento lo que menos deseo es una explicación teórica. Solo quiero un sí o un no.

—¿Colocar un cerebro de adulto en el cuerpo de un niño? No me veo capacitado para darle una respuesta.

—¿Por qué no?

—Él tendría que autorizarlo… supongo, ya que son suyos los archivos —continuaba hablando como si George no estuviera presente y sin saber hacia dónde quería llevar su respuesta—. Sería un niño de ocho años que sentiría y pensaría como George V. Winkle a los treinta y cinco. Sería una locura. No sería su hijo, sería otro señor Winkle con el cuerpo de su hijo.

—Otra vez intenta irse por las ramas. ¿Sí o no?

—Usted no podría soportar tener dos personas idénticas, una con el cuerpo de su marido y la misma persona con el cuerpo de su hijo, y que ninguno de ellos iba a ser el que parecía.

—Aun así… Lo podría ver moverse, reír, andar, quererlo…

—No tendría ningún sentimiento filial hacia usted. No la reconocería como madre.

Margaret se dirigió esta vez a George V. Winkle, clavándole la mirada:

—El señor Estón no me da ni un sí, ni un no. Le ruego que me lo dé usted.

—Me pide una repuesta clara. Yo le pido una hora para pensarlo —dijo George que estaba tan confuso como Estón.

—De acuerdo. En una hora volveré. Me voy al lado de mi hijo. Estar con él es lo único que deseo.

Se quedaron Víctor y George solos, pensando que aquello había ido demasiado lejos.

Empezaron con futuribles: si hubieran podido escanear el cerebro de otro niño, si se hubieran podido borrar la mayoría de los recuerdos del cerebro de Winkle, si...

Víctor se plantó y dijo:

—¡Basta de condicionales de cosas que no han sucedido! No sigamos escabulléndonos, pensando en lo que hubiera podido ser o hacerse. Tienes que tomar una decisión que sabes que solo puede ser, como dice Margaret, un sí o un no. No tienes que explicar ni los motivos, ni justificarte, ni hacer ninguna consideración. Sí o no.

—Déjame hablar un momento con la madre.

—De acuerdo. Supongo que prefieres hacerlo a solas, ¿verdad?

—Sí —en esta respuesta Winkle fue contundente.

La madre llegó enseguida. Se sentaron uno frente al otro y Winkle clavó su mirada en los penetrantes ojos azules de Margaret.

—¿Sabe lo que está pidiendo, Grete? — preguntó Winkle utilizando su nombre alemán.

—Sé que no quiero ver más muertos entre mis seres queridos.

—Su hijo está muerto. No será su hijo si le implantan una impresión de mi cerebro: seré yo.

—Por favor, no siga explicándome la teoría como el señor Estón.

—He visto en su mirada que me ha odiado profundamente, porque cree que le he robado la vida a su marido, que me he apropiado de su cuerpo como el diablo lo hace con un poseído.

—No se lo niego.

—¿No cree que, tratándose del cuerpo de su hijo, el odio sería aún más profundo?

—Puede ser.

—¿Sabe que puede odiar a su hijo, cuando sea yo, como nadie ha odiado en este mundo, ya que me estará odiando a mí?

—Lo sé.

—¿Sabe que el cerebro que le implantarán no tendrá ningún recuerdo de estos días?

—Lo sé.

—¿Sabe que yo no la reconoceré como madre, que no tendré ningún recuerdo de la infancia de su hijo? —preguntó Winkle utilizando la primera persona.

—Lo sé, pero lo veré vivo.

—No será él, seré yo. Además, no sé cómo reaccionaré en un cuerpo de niño con mis recuerdos de adulto.

—Sigue con sus teorías. Yo no tengo ya nada que perder. El que tiene miedo es usted, señor Winkle, por lo que la pregunta sigue siendo la misma: ¿sí o no?

—¿Es consciente de que habrá dos Winkle viviendo al mismo tiempo?

—No lo había pensado, pero no me importa. No quiero más cadáveres a mi alrededor.

—¿Yo soy un cadáver? Soy el cuerpo de su marido, pero no soy él. ¿No cree que verá a su hijo con mi cerebro como otro cadáver?

—¡No lo sé, ni ahora me importa! Quiero verlo moverse y reír. Me acostumbraré.

—Grete, ¿asume toda la responsabilidad? ¿Se da por advertida?

—Naturalmente.

—¿Me volverá a mirar con los mismos ojos de odio?

—No lo sé. Es posible que incluso más.

—Es sincera. Tiene mi permiso. El archivo de mi cerebro está a su disposición.

Sin perder un momento, empezaron a preparar de nuevo todo el proceso de impresión e implantación de los archivos con el cerebro de Winkle para el niño, y empezó a trabajar todo el equipo a marchas forzadas para la nueva operación.

Después de hablar con la madre, Winkle se había retirado a su habitación y había dicho que quería estar solo y que no lo molestasen porque necesitaba descansar. Al día siguiente encontraron muerto el cuerpo que había sido de Gregor Asmas y que contenía el cerebro impreso de George V. Winkle. Se había tomado una dosis de benzodiacepinas suficiente para matar a un caballo. Había escrito una nota en la que decía que no quería que coexistieran dos Winkle al mismo tiempo porque era incapaz de prever lo que ello supondría. Terminaba diciendo:

«Mi primera muerte fue violenta: cuando tenía 60 años, yo mismo disparé contra mi yo impreso de 35; para la segunda, los abogados de Sharman, Briggs & Associates hicieron que a mi cuerpo escaneado se le añadiera una enfermedad letal, de modo que murió antes de dos meses. Así me salvaban de la acusación de haber asesinado a mi reimpresión y, para no repetir la paradoja de dos Winkle simultáneos, optaron por convertirlo en un cuerpo terminal. Mi tercera muerte, a los 63 años, fue en un accidente en el que también murieron mi mujer y mi hijo. Ahora, la cuarta vez, muero por suicidio. No sé cómo vivirá o morirá mi yo en el cuerpo del hijo de Margaret, pero me deseo lo mejor para esta y mis sucesivas vidas… si alguien continúa reimprimiéndome».

La operación del niño fue un éxito completo. Al despertar, Margaret estaba a su lado. Por primera vez en mucho tiempo, se le iluminó el rostro con la alegría y la ilusión al ver cómo su hijo abría los ojos y volvía a moverse. Con toda la ternura que había tenido bloqueada durante tanto tiempo, empezó a acariciarlo y besarlo.

Con todo el amor y cariño maternal que se transmitía en su voz, le preguntó:

—¿Cómo estás, amor mío?

—¿Quién es usted, señora? —preguntó el niño cuando despertó—. Le ruego que no me toque de esa forma. No se ofenda, pero estas caricias y besos me incomodan.

—¡Soy tu madre!

—¿Mi madre? Me llamo George Winkle y mi madre murió cuando yo tenía veinte años. No le permito que le falte al respeto.

—¡Hijo querido!

—Está usted desvariando. No entiendo cómo ha conseguido entrar en mi habitación. Ahora, déjeme solo porque quiero descansar y… le ruego que no vuelva a venir a molestarme. No soporto las fantasías de los enfermos mentales.

ΔΔΔ

OBJECTIVE GUTENBERG

THE LIMITS OF THE SELF

To those who prefer truth to peace,
and winning someone over rather than winning against someone[1]

1 These lines echo famous words by Miguel de Unamuno

About this bilingual edition

The author, Raimon Quintana, and the translator, Fernando Toda, began their studies at the University of Salamanca in 1969 and have been friends ever since. The idea of translating *Objetivo Gutenberg* into English came from Fernando, once retired from teaching in the Department of Translation and Interpreting of that university, who in his youth lived for several years in the USA, where the three stories take place. Their collaboration in the process of translation was very close, with modifications suggested by the translator that were also included in the original version. We hope that this bilingual edition may prove to be interesting for students of Spanish or English as a foreign language.

Sobre esta edición bilingüe

El autor, Raimon Quintana, y el traductor, Fernando Toda, comenzaron sus estudios en la Universidad de Salamanca en 1969 y son amigos desde entonces. La idea de traducir *Objetivo Gutenberg* al inglés partió de Fernando, ya jubilado de la docencia en el Departamento de Traducción e Interpretación de esa universidad, quien en su juventud vivió varios años en Estados Unidos, país en el que suceden las tres historias. La colaboración durante el proceso de traducción fue muy estrecha, con modificaciones sugeridas por el traductor que se incluyeron también en la versión original. Esperamos que esta edición bilingüe pueda resultar interesante para estudiantes de inglés o español como lengua extranjera.

THREE STORIES

Eos, usually known by the name of her Roman clone, Aurora, brings dawn to the world every day, announcing the appearance of her brother Helios, the god of the Sun.

Eos, an immortal goddess, fell in love with Tithonus, a mortal human.

Eos asked Zeus, Lord of Mount Olympus, to make her lover Tithonus immortal. Zeus agreed.

However, Eos forgot to ask Zeus to grant Tithonus the gift of eternal youth.

Eos remained eternally young while her lover went on aging.

Eos wept every morning at seeing Tithonus decay in his old age. Her tears are the morning dew.

The aging Tithonus became more and more shriveled, until he turned into a cicada.

In the end, all Tithonus longed for was death.

1 Objective Gutenberg

Philadelphia

I have never liked Philadelphia. I feel the same about other cities such as Athens, Alexandria, Lisbon or Buenos Aires. They are haughty cities, so proud of their past that they are unable to look to the future. They waste all their energy in remembering what they once were; their attitude is that of a lender who has not been paid back, they are like actors no longer in the limelight. When a city does nothing to create a future, if it has ever had a present that was worth it, it ends up as lines mummified within history books. This is probably also true of many people. Several cities in the world have relevant pasts, such as Rome, Paris, New York or San Francisco, yet they try to re-invent themselves day by day. They are living cities, not museum pieces. I will not quote Boston as an example because, although it has contributed more than any other city to the history of the United States, anyone might accuse me of being biased, since I happen to live there.

I am not very sure of why I have started with these considerations, which actually have nothing to do with what I want to write about; perhaps, since I need to mention Philadelphia, I simply could not help it. Although I am not fond of the city, when I received a call from a Philadelphia law firm asking me to visit them there and have a meeting, I did not refuse. They offered to pay for my flight on American Airlines Business Class, my stay at the Ritz-Carlton hotel and any other travel expenses. They explained that they wished to discuss a proposal that they felt would certainly interest me, assuring me that if in the end we did not come to an agreement and sign a contract they would pay me three thousand dollars for my time. Who could have refused? One thing was certain: I would never earn that money in two or three days by staying in Boston.

Please excuse me; it was discourteous to have come this far without having introduced myself. My name is Pau Sanias and, at the time of the events which I am about to relate, I had not yet turned thirty. I studied Journalism but, after having obtained my degree, I was earning my money by writing for others. I suppose it is not very seemly to say that I was a ghostwriter, or hack, but those terms apply, and that is exactly what I was doing; I was a ghost hacking away at writing in order to make my living. I am married to a woman who is four years my senior, an expert in bionics who works for Winkle World Bionics, known as WWB, three initials that stand for many billions of dollars. Her yearly income reads the same as mine, only with an extra zero on the right. This has no effects on my ego or on our relationship, except that we spend very little time together, and as a result we have not yet considered having children.

From Wikipedia I learned that Sharman, Briggs & Associates was a venerable law firm founded in the mid nineteenth century, specialized in inheritance and trusteeships, and in acting as executors for wills involving huge fortunes. I had no clue as to what such a firm might want from me.

When I walked into their headquarters, located in the center of the Old City of Philadelphia, close to Elfreth Alley, I felt as if I had taken a leap back in time to early twentieth-century London. If it had not been for the computers on the employees' desks, I would have thought that no one there was aware of the fact that we were well into the twenty-first century. They received me with that type of cloying politeness that leaves you wondering whether it is an excessive sign of respect or they are simply kidding. A few minutes later, I was shown into a meeting room dominated by a massive table made of solid oak. Presumably, its smooth surface had been the support for the signature of thousands of documents by means of which, and sometimes *in articulo mortis*, enormous sums of money had passed from one hand or pocket to another, leaving other hands or pockets empty.

On one wall hung five oil portraits of men who could be no others than the founding fathers of the firm. The other walls were covered with English-style bookcases full of volumes protected by beveled glass doors with the panes mounted on frames so thin that they seemed barely able to hold them in place. From the ancient appearance of the books, it was hard to tell whether the glass was there to keep the dust away or to ensure it did not abandon them.

"Please, be seated, Mr. Sanias. Mr. Steinberg will be with you in a minute," said a young female assistant, the final link in the chain of staff who received me, uttering Steinberg's "mister" in a tone that made it obvious that a capital letter was required. "Is there anything you would like, Mr. Sanias? Tea? Coffee? Perhaps a soft drink?"

"No, thank you," I replied, tired of such ceremoniousness and especially of having my name repeated in every sentence by the staff, as if they thought that I could no longer remember who I was. Tutorials and courses on how to address clients (or whatever they might be considering me here) have taken much spontaneity away from polite behavior.

Five minutes had barely elapsed when, through a door other than the one I had used, Mr. Steinberg appeared. As might have been expected, he was three persons. I thought of Jesus Christ between the two thieves, and could not avoid a smile, which they probably mistook for politeness. I was curious to see whether Steinberg would begin by introducing himself and his complements or if he would start by using my name again.

"I am Solomon Steinberg, lawyer, a partner in Sharman, Briggs and Associates. Welcome, Mr. Sanias! My aides, Garfunkel and Simon, lawyers".

He had clearly established the distance between himself and the others, his assistants, apprentices or whatever he considered those two lackeys who were trying to pretend they were not such. He had not introduced them as "Mister"; he simply used their last names, apart from labelling them professionally so that I would not think that he would admit the company of people who did not hold degrees in Law. I imagine that he introduced them in that order so as not to incite witty remarks. Their only mission seemed to be to carry the many dossiers and folders which, given the situation, it would not have been proper for Steinberg himself to carry.

Steinberg, who looked about fifty years old, seemed to be the proverbial iron fist in a velvet glove. I would have bet that his father and his grandfather had also been lawyers. He was dressed with not only the same neatness and elegance that his ancestors doubtlessly favored, but also in the same fashion, oblivious to the fact that, over the years, changes take place in the cut and style of suits, no matter how classic they may be. In any case, in order to fit in with the ambience of the place, he could do nothing but dress in an old-fashioned way. When I looked at his eyes, I remembered that there are two forms of impassiveness: the expressionless kind, which we see in people who seem to wear masks, and the impassivity of those who manage to control all their facial muscles, even the smallest, composing, like a meticulous painter, precisely the intended expression. I need not add that Mr. Steinberg belonged to this second group. I could envisage him making the most contemptible proposals or the most terrible threats, putting on the most adequate countenance in each case. He could be a terrifying ogre or a lovable granny advising her grandson to pour a frying pan full of boiling oil over himself, for his own good. In spite of this, it was obvious that the man's genes included good education and proper behavior and that, whatever he might do, he would always do it with the elegance of a true gentleman.

His aides were nearing their thirties. One could see that they made efforts to imitate Mr. Steinberg's poses, clothes and attitudes, but they had not yet managed to make this seem natural. It was obvious that in order to be hired by such a renowned firm, even if only as law clerks, they must have been at the top of their classes at one of the most prestigious law schools. The personal appearance that they had to present here was very different from that which competitive lawyers of their age were expected to show in other firms; they were exactly the opposite of the aggressive young lawyers one sees in films. At Sharman, Briggs & Associates nobody could earn a promotion unless they conformed to the style of the founders, dead many decades ago but still vigilant from their magnificently framed oil portraits so that nothing might change and not the slightest modification might be made to the firm's main objective. This was, obviously, to remain an institution impervious to change, forever identical with itself, so that its wealthy clients could be certain that, for centuries to come, the firm would watch over the fulfilment of their last wills. Therefore, it was extremely important that it should be, and appear to be, an immutable organization.

After the usual mandatory polite exchanges, Steinberg proceeded to explain the motive for having asked me to travel from Boston to the beginning of the twentieth century. The proposal seemed simple and straightforward: I would have to write down in detail everything that happened in the development of a research project and, especially, everything related to a person that I knew to be an eccentric multimillionaire, the owner of, among many other things, the company that my wife worked for, WWB. The conditions were set out in minute detail, ranging from absolute confidentiality, strictly ruled by a draconian contract, to the obligation of avoiding any type of subjectivism. My writing should narrate only facts and under no circumstances was to include comments or personal opinions.

As I explained earlier, I was used to writing for others; nevertheless, this commission surprised me for two reasons: the liturgy behind the proposal, made via those lawyers who seemed to emerge from the past, and the amount offered.

"Five million dollars?" I exclaimed in amazement. "That doesn't sound like the kind of fees for a writer like me. Have I heard the amount correctly?"

"Does it seem insufficient? As you know, everything in life is negotiable. Please bear in mind that, as you will see when you study the contract, if objective conditions require the extension of the work on the project, the amount will increase accordingly".

"Are you joking, Mr. Steinberg?"

"Mr. Sanias, I sometimes resort to irony, but I cannot recall ever having, in my whole life, joked; not once". His reply came in a serious tone, accompanied by a look that made it very plain that the statement was undoubtedly true.

"It does not seem insufficient. It sounds like an enormous sum, if it does not involve doing anything illegal".

"Everything depends on the point of view. For our client, that amount is negligible. On the other hand, it is offensive on your part to think that we might propose anything illegal. I remind you, sir, that Sharman, Briggs and Associates' reputation for integrity constitutes our main asset. How could you possibly imagine that we might jeopardize it by incurring in illegal activities?"

"Please excuse me," I answered, pretending that I sincerely believed that lawyers of their kind would never propose anything illegal. "It was just a way of expressing that it seems a very high sum to pay for the work that you are offering me".

"Now you will ask me the critical question, right?" he ventured.

"If you already know what it is, you can tell me the answer". I did not want to be impolite, but I was not going to be overwhelmed by his arrogance.

"Why you. Was I right?"

"Right. Why me?"

"There is no single reason, as you may imagine. Our client instructed us to select three candidates and prepare dossiers on all three for him. We chose among over five hundred candidates who, on paper, met the requirements".

"You researched me without my consent?" I asked, and immediately regretted having uttered such a naive and out-of-place question.

"All the data we have about you is public and you have made it available to everyone. Besides, as you know, friends and acquaintances are always willing to talk if they are encouraged," replied Steinberg with a slight smile of commiseration. "You ought to be proud of having been chosen among so many writers. Out of the three final candidates, our client chose you".

"Is it possible for me to know some of the selection criteria applied?"

"But of course! There is nothing to hide. Besides, from the moment we sign the contract, we shall embark on a period of intensive interaction that must be free of mistrust. Bear in mind that we will authorize payments to you as the work commissioned advances," he affirmed, as if the ideas of there being nothing to hide or mutual trust were credible in such a context and circumstances. It was also obvious that "we" meant Steinberg.

"And what if you don't like what I write?"

"You need not worry about that. We will get along or, to be more precise, you will get along well with our client, as you will see. We have gone to great lengths to ensure that the same person who starts the work will be the one to finish it".

"You must understand my being surprised..."

"We understand everything. Well, you wanted to know the reason why you have been chosen".

"It seems only natural".

"I shall attempt to summarize it as briefly as possible. We needed the narrator of the facts to be a person of equanimity, a good professional rather than a creative writer, since we wanted to prevent him from writing his own novel. We needed someone who did not have the craving for personal recognition that writers and journalists tend to have, someone used to not signing his own name to his work, willing to devote himself totally to this project, body and soul. Someone for whom the money was important in the sense of solving his economic situation, and also bearing in mind that, if things were to go wrong, his whole family's economy might be affected, since his wife works for one of our client's companies".

"That sounds a bit like..."

"Please do not ruin this meeting by using an ill-sounding word," he broke in. "Please remember that our client is placing great trust in you, but he also needs to have great confidence in the rest of the people working for him".

"I did not mean to say..."

"Of course, if you reject our proposal at this stage, that will not affect our confidence with regard to your wife, and everything will continue to be the same as far as she is concerned".

"By when am I expected to give an answer?"

"As soon as you have read the contract and decided that you can undertake to carry out what is detailed in it".

"Which is to say..."

"Would the day after tomorrow suit you?"

"In order to decide, I need to realize clearly just what I am committing myself to, not just in vague or theoretical terms, but with regard to what it will imply in my everyday life, if you know what I mean...".

"I understand perfectly well".

"I imagine that for someone like me, with no knowledge of the law, the terms of the contract may be hard to understand, sheer legalese".

"Look, Mr. Sanias, Sharman, Briggs and Associates is a law firm that prioritizes clarity in its relationship with people who are lay as regards the world of Law. When we address lawyers and courts, we need to speak their jargon, of course, but we do not use it outside of that context. I take it that you are aware that many of the world's greatest fortunes use our services to write up and execute their last wills and testaments. They are people who want things to be clearly set out, and they thoroughly dislike it if their lawyers, when they talk to them or draw up documents for them to sign, use grand and pompous language, or legal jargon, in order to pretend that they are very good professionals. In the contract we have drawn up you will find nothing hidden beneath high-sounding terms since, after all, it is a contract that regulates the obligations between two parties that are in no way related to the legal world: our client and yourself. We are nothing but mediators. You may or may not agree with the conditions, but everything is set out very clearly. Besides, you can consult us on any doubts you may have".

"I am grateful for that. In any case, I don't think the specific clauses in the contract will be all that important. Could you please give me a summary of what my obligations would be? As I said before, I need to know what I am committing myself to doing".

"I shall answer you frankly. As you may well imagine, nobody earns five million dollars without making a considerable effort. Before we sign the agreement, I can give you few details about the project that you will be participating in since, as you will see, a substantial part of the contract is devoted to a total confidentiality commitment. Nevertheless, I can let you know that you will become part of an ultra-secret project, which, I assure you, has nothing to do with weapons or issues that might pose ethical problems for you. Everything is absolutely legal. Your work will consist in writing down everything that happens; not the scientific aspects, of course, since for that we have other ways of keeping records, but from a historical or journalistic perspective, however you may wish to consider it. We have sought out someone with no technical knowledge about what they intend to accomplish, because our client wishes to have a chronicle written from a… let us call it a human perspective. Apart from the general aspects, he wants a personalized account of the process that they will carry out with him —that is, our client— as a protagonist. I can give you no further details, except that total availability on your part is essential. For two years you will reside in a technological center and have no contact whatever with the outside world. You may rest assured that you will be provided with any comforts you require".

"Does that mean I will not be able to see my wife or any of my friends?"

"Your wife will be allowed to visit you every weekend and on the traditional holidays; you know, Christmas, Easter, Thanksgiving, vacation periods and such. You will enjoy all the intimacy you wish, the only limitation being that you will not be allowed to tell her anything about what you have seen and done in your work. During this period, your wife will have someone at her disposal to carry out domestic chores, do the shopping, take her car to the repair shop or watch the house while the plumber does maintenance. In short, to do any task she may require. She too will have to sign a confidentiality commitment and this, of course, will have a positive repercussion on her salary. I cannot tell you the amount at the moment, but as you can see our client is not very worried about expenses of this kind".

"Will I come out of this alive?" I thought to myself, but the words escaped from my brain and reached my mouth.

Steinberg remained silent for a while, looking at me, with no sign of displeasure on his countenance. In a tone that sounded honest, he went on:

"I am going to tell you something that will surprise you, because you are an intelligent person; what is more, I will let you know that I am surprised myself at what I am about to say, since I normally never utter a word beyond what is strictly necessary. This room has seen many people come and go; I have seen agreements and last wills that nobody could imagine signed on this table. I have always worked here and, as you can see, I have years of experience behind me. You could hardly imagine the number of people that I have met who are regular attendants at such exclusive venues as the Davos Forum, to give just one example. I have seen all sorts of people, because power and money are not faithful to any particular way of being, race, country or religion. Money and power can be the companions of good or bad people; intellectuals or utter ignoramuses; people from any continent; impulsive or reflexive; noble-minded or despicable. If I were sitting on your side of the table, I can assure you, believe it or not, that I would have asked the same question".

"I know you cannot answer it".

"Look, my job is not an easy one," he said, looking me in the eyes in a way that made me feel that he was being sincere. "Here at Sharman, Briggs and Associates we adhere to a principle that has made us what we are: we never lie. That does not mean that we say everything that we know or think. It would be childish to make you believe otherwise. As you know, we are wholly devoted to our clients. They know that we will defend their best interests to the end, since the fees they pay us are only affordable to a very few people. When they become our clients, their best interests become our best interests; in spite of that, believe me, the only thing we do not do is lie; that would betray the spirit of this institution, which would amount to ruining our own reputation. We have lost some billionaire clients due to refusing to break this principle. On the other hand, this line of conduct has enabled us not only to become a great law firm, the most important in the world in our line of work, but also to be an institution that commands the utmost respect".

"All right, I assume that you are not going to lie to me, but my question has gone unanswered".

"Because there is no answer".

"Not even a supposition?"

"Sharman, Briggs and Associates does not deal in suppositions".

"And Mr. Steinberg?"

"Mr. Steinberg is no more than one of the partners in Sharman, Briggs and Associates".

"I will word my question differently. Would Mr. Steinberg make a proposal to someone if he knew that there was a good chance of that person's losing their life if they accepted?"

"No".

"I was not expecting such a clear answer".

"If the right question is asked, the answer has to be clear".

"This sounds like a predicament that will make me regret it whether I agree or not".

"Those are the great decisions in life that one has to make for oneself. Mr. Sanias, as I have already stated, you are an intelligent person, and that proves that our researchers were well informed about you when they put you on the shortlist of three".

"Why do you say that?"

"Because in the work that is expected of you it is extremely important to be able to ask the right questions. Simply writing well is something that many people can do".

"I suppose at this stage you already know what my answer will be".

"If I did not have a minimum amount of intuition about the people I meet, you can be sure that I would not be a partner in Sharman, Briggs and Associates. Believe me, it is not easy to sit where I am sitting now".

"That I am sure of".

"Mr. Sanias," the man looked me in the eyes again, and with every passing second he seemed farther away from the image of a robotic lawyer that I had formed for myself at first. Indeed, he was in possession of an extremely well-structured mind, as was to be expected of a member of such a prestigious law firm. "I am going to let you know something that I hope will not interfere with your decision".

"That's easily said but, whatever it is that you mean to tell me, it is bound to have an influence".

"The project in its entirety is only known to a very limited number of people. My aides here only know a very small part, just what they need in order to do carry out their work".

"I did not imagine..." I tried to break in, but he went on without paying attention to me. Only then did I remember that there were two other people in the room, and by then I had no idea of whether they were called Rosencrantz and Guildenstern, Ben & Jerry or Johnson & Johnson. I had forgotten their presence, let alone their names. They had not opened their mouths or made any movement to indicate that they were still there. It seemed as if they were not even breathing.

"Most of the scientists taking part do not know the final objective of their research, either. Each of them is devoted to their part, and the global picture is only known to a very few, among whom I have the honor to be counted. Many people have been putting together the pieces of a jigsaw puzzle, but for the moment only about a score of them know what the picture will look like once all the pieces have been put together".

"Does that mean that I would be one of them?"

"We are asking you to be the chronicler. For that, you will need to know all the details. Not the technical ones, which are very complex and specialized but, of course, you need to know the final objective, the overall picture of the puzzle being put together".

"Will I come out of this alive?" I asked myself again, but this time the words that fled from my brain to my mouth came out in a hushed tone, so there was no need for an answer from Mr. Steinberg.

The Point of no Return

Today it has been two years since I started doing the work for which I was hired. My relationship with my fellow workers is good, and I stopped being "Mr. Sanias" after the first week. We were all on a first-name basis; for those that formed the core of the team, I was simply Pau. These have been fascinating years, and they have gone by in a flash. In the end, not being able to leave the premises even for a single day has not turned out to be as burdensome as I expected. We have remained in our small village made up of laboratories, apartments and auxiliary buildings, where we have lived, worked and carried out many leisure activities, and we have never felt trapped inside a golden cage.

Today is April 17, 2035. You might think that the day and month had been chosen at random by George V. Winkle, or the head of operations, Jean Kranz, but, as with all the other details in this project, no matter how small, there is also a reason for that.

Today, for the first time in history, the scanning of a human brain on an atomic scale will take place. The process in itself implies no risk, but the subject's preparation for it does. Mr. Winkle's body temperature will have to lowered to close to absolute zero. That is correct: absolute zero, zero degrees Kelvin, in other words minus 459 degrees Fahrenheit, minus 273 degrees Celsius. By doing this, apart from the fact that all his biological processes will come to a halt, the movement of the atoms of his body will also be reduced to the minimum. This is necessary so that "the picture does not come out blurred", which is how the scientists have explained it to me so that I could understand.

Freezing a person is not quite as easy as putting the remains of your dinner in the freezer. The process has to be carried out in a slow and homogenous manner, while at the same time the cells are dehydrated, so as to prevent the water they contain from making them burst like a beer can forgotten in the freezer. It is no easy task to lower the temperature of a thing (or a person) to a point near absolute zero, either. Since there is nothing similar to a freezer that can reach such extremes, one must resort to very complex methods.

Up to now, cryonics was a technique used only on patients in an advanced terminal phase or immediately after clinical death. Today, they are going to *cryonize* a person in a perfect state of health in order to take a special scan of their brain with no therapeutic aim. Moreover, this is not a process such as those carried out up to now, whereby a person is frozen at a temperature slightly lower than that at which nitrogen boils (that is, minus 321 degrees Fahrenheit). As I mentioned before, the body temperature has to be lowered much more, close to absolute zero, that is, some 200 degrees lower, almost the distance between ice and boiling water. Scientists call the process of bringing the body temperature down to the boiling point of nitrogen *cryonization*; the process that nears absolute zero is termed *ultra-cryonization.*

If achieving this is a technically very complex task, it is even harder to bring the body back to its normal temperature alive. Within the WWB group of enterprises, there are some devoted to cryonics, and the technology for ultra-cryonization comes from their R&D departments.

My mission here is not to explain the technical details, but without this minimal explanation it would be difficult to understand what I am about to narrate. My job is to give a full account of everything that happens and, at this point, the best thing that I can do is to offer a transcription of what George V. Winkle recorded while he was waiting to be frozen or, more precisely, to be ultra-cryonized. (Like everyone else, when he is thinking aloud Mr. Winkle jumps from one thing to another. I have respected this in my transcription because I believe this testimony is relevant enough to deserve being read unaltered, just as he recorded it, without any literary editing or restructuring):

"I won't deny that I am afraid. I am frightened, and anyone who is not scared in a situation in which they are risking their life must be an idiot. It's not the first time I have felt fear; it's a feeling that helps you to defend yourself, if you can rationalize it. Fear is only a warning, and you have to know how to handle the alarm. If it paralyzes you or makes you carry out stupid actions like screaming, crying, or running away in any direction, that means something is wrong in your brain. You have not taught your neurons to produce rational behavior.

"There are people who can't tell the difference between a warning signal and a prohibition. They are two very different things. Even road signs are not the same in both cases: the person who sees a warning sign indicating an iced-over surface and turns around never gets anywhere. Those who pay no heed and carry on without reducing their speed or being careful may not get anywhere either.

"I have run many risks in my life. Most have been in business. Whenever I have felt afraid, it has helped me to be especially cautious rather than paralyzing me. If I hadn't taken on some risks, I would never have topped Forbes' list, and Winkle World Bionics, the holding company of my enterprises, would not have been the largest multinational corporation in the world.

"Apart from the risks that I have taken in business, always in a controlled and not a haphazard way, as the results prove, I have also run physical risks. The very act of living implies risk, of course: By simply leaving your house, you can be run over by a vehicle; if you catch a plane, it may crash; if you play any sport, you may get injured. Still, if you are going to cross a street, it is not the same to wait for the pedestrians' light to turn green as to cross when it is red. Not the same to fly with a well-reputed airline as to do it in a badly maintained small airplane in an unreliable country. Not the same to play tennis as to climb a mountain in bad weather in a place where there may be snowslides. That does not mean that I have not practiced some so-called extreme sports, but I have always done it with caution, fully aware of certain very clear limits that I should never exceed, and these were marked by my physical abilities and the external circumstances.

"What I mean to say is that, in my opinion, those who are afraid of everything are just as foolish as those who are addicted to adrenaline. The former run the risk that, after having wasted their lives in boredom, all of a sudden a gas explosion in their neighbors' house may cause a rafter to fall on their heads. The latter, never satisfied in their competition against themselves, run the risk of smashing their skulls against a rock if a small gust of wind blows them away from their intended course when they go hang gliding off a high mountain.

"Right now what makes me afraid is neither doing business nor practicing an extreme sport. I am afraid of the consequences that this special scan, which I have decided of my own free will to undergo, may have for my life. Did I have any other options? The answer would appear to be affirmative. Quite simply, I could have not done it. I could also have found someone who, either due to need of money or great ambition, was willing to take the risk in my place, since I am in a position where I could have offered them a handsome sum.

"Until today, thousands of tests have been done using animals, and the procedures have been gone through hundreds of times. I am not foolish enough not to have reduced the risk as much as possible, but now that I am lying here in this room that I know down to the very last detail, in front of a machine that has cost millions of dollars... Now, at this moment when, having laid me out on a stretcher, they have placed the IV cannula in my arm so they can inject an anesthetic into my veins... right now, I have to admit that I am afraid.

"I have only a few minutes left until the anesthetist arrives and begins to inject his pharmaceutical cocktail to make me lose consciousness. I now recall all the struggles and compromises that we have had to go through before reaching this point. This is because only a few people know the final objective of this research program, apart from the basic core of the team, and also because strong resistance and even fanaticism have had to be overcome, even though the full scope of the project has not been made public yet.

"The clock on the wall tells me that less than five minutes have gone by since I started to record these reflections of mine. Much has been said about hypermnesia before death, though there are no studies that confirm this. The fact is that when one feels that death is close, one begins to think about or remember things that might seem to be unimportant; a good example of this is *Rosebud*, the name of Charles Foster Kane's sleigh in Orson Welles' unforgettable film.

"In any case, there is always a motive that makes us remember; in my case, it is because I am about to undergo an experience that may change my life completely.

"From the point of view of logic, correlation does not imply causality; I know this very well. However, it has always seemed to me that nothing that has happened to me in life could have been otherwise. Each thing led on to the next, as if, in the case of my life, correlation did imply consequence.

"If there is one thing that we all share as humans, although some refuse to admit this, it is the desire for immortality. That is why we have invented all sorts of religions and we insist on trying to lengthen our lives, investing huge sums in health care. In any case, the myth of Tithonus helps us to see death as something less horrifying. Aging means degenerating, and that lessens our fear of the final moment of life, the same as with illnesses that cause us great suffering. We would like to be eternal, but healthy.

"The myth of Faust? No. Faust sold his soul to the devil in order to remain young, but since he sold it, it was obvious that, at some point, he would have to surrender his soul, and consequently he would have to die. Neither Tithonus nor Faust: what we seek is the myth of so many religions, that is, resurrection, eternal life with our bodies at the height of their physical condition.

"Could I *not* be here? Impossible. And I am not contradicting what I said before about having other options. They were only theoretical options, not vital ones. With all the money I have and all the technology at my disposal thanks to my companies and my R&D departments, could anyone believe that I would not try to achieve what everybody wants and can only find in religions?

"I, like everyone else, want to live eternally in youth and good health. Unlike the rest, I have the option of doing this without having to invent gods, reincarnations, or pacts with the devil.

"The anesthetist, Dr. Owen Chase, and his aides are now by my side and starting their work: in a few seconds they will inject the drugs that will keep me asleep throughout the whole process of freezing, scanning and unfreezing. If all goes well, it will be a few hours before they wake me up and I can get to know whether the result has come out as I expected. If I never wake up after this cryonization, I will never know if I have failed… Or maybe I will?"

The recording stops here. George V. Winkle is now asleep and the experiment has begun. I would be lying if I wrote that everyone is calm. The only person about whom I will never know is the unshakable Jean Kranz. If she is not calm, in her case it does not show.

From now on, all options are open, but for Kranz failure is not one of them.

Five Days Later

It has been five days since Mr. Winkle underwent the scan, and we all felt relief, after all the tension, when this morning he recovered consciousness. The neurologists have said that his brain has not suffered any damage. Although I am only the chronicler, over these past nights I have hardly been able to sleep. In fact, nobody on the team has slept properly, although it remains unknown whether the unflappable Jean has.

Since these pages are not the chronicle I was commissioned to write, I will not go into details about the daily life in our small community. I will only mention a reflection made yesterday by our head of operations, the indescribable Jean Kranz, the only person I consider irreplaceable in the whole Objective Gutenberg team apart, of course, from Mr. Winkle, the promoter, financer and protagonist of the project.

Jean told us that her estimate was that the project had been carried out with the collaboration of over twenty thousand scientists all over the world, many of them hired by WWB companies. Others work at universities or other research institutions. None of them had the slightest inkling of the existence of Objective Gutenberg, or know that their work has been necessary to make it possible. He also informed us that, apart from the scientists, in our small village there are over one hundred people employed in cleaning and general maintenance of the premises and the sophisticated scientific equipment, as well as IT experts, accountants, administrative staff, cooks and gardeners. Just as the twenty thousand scientists did not know about the existence of the project, so those one hundred employees do not know what we have been doing. Nor do they know that there is something called Objective Gutenberg. Creating the screen that has kept the project hidden is one of Jean's great achievements.

Thinking about all this makes one dizzy. How many objectives do we contribute to, in the course of our lives, without being aware of it because we do not have the complete picture? How many times have we been pawns in a chess game in which we did not know who the players were, or did not even realize that we were pieces upon a board? It is likely that very often we are unaware that our movements are constrained by rules unknown to us. Only a score of people knew about our particular chess game, and I was the one who narrated it. Apart from those twenty, the rest had no idea that a game was taking place.

Up to now, I have recounted that the first phase of the project consisted in scanning the brain of George V. Winkle. I have also mentioned that it was a very special scan, with a high risk due to the process of ultra-cryonization (which required lowering his body temperature close to absolute zero). This was necessary in order to stop movement at the atomic scale, since that was the level of resolution required for the scan. Some WWB companies had been working on hyper-resolution scanning systems that made it possible not only to "see" each molecule, but also to detect the position of the molecule's atoms. This technology was used in our project, although the researchers that had developed it did not know this. Such scanning systems were still in the trial phase, and not yet commercialized.

Nowadays no one remembers those X-ray viewers that doctors used up to the beginning of the twenty-first century. Today what we have are images, in many cases in 3D, visible on computer screens or as holograms. The old X-ray plates have given way to data files that can we can copy, send and view on any machine having the adequate software. The pioneers of this new technology were computer-assisted tomography, tridimensional echography and magnetic resonance.

Our atomic-level resolution scanner has created a file with the data about all of Winkle's cells, including everything contained in them, providing even the position of each atom. It was able to do this because all movements, not just those of the cells and their corpuscles but also those of the molecules within his brain had practically stopped. To give just one example: serotonin molecules in the process of reuptake by a neuron at that very moment also appeared in the scan. All this was stored as bits and bytes and became part of the file. The total sum of this data is the exact replica of the brain at the moment of being scanned, its faithful representation, including the memories stored in its neurons, its skills, its knowledge, its emotions and —wherever it may actually reside— its conscience; in a word, Winkle's self.

I believe not much more explanation is necessary for anyone to imagine what comes next. We have succeeded in obtaining a digital file, an exact copy of everything there is in Winkle's encephalon. This file is like a photograph, in billions of billions of pixels, of his brain, which is to say of Mr. Winkle. Of course, we are talking about enormous files, but at present managing such huge amounts of data is possible, whereas only a decade ago it was not.

For the moment, we have finished the first part of the project: obtaining the information. We have succeeded. We have the file.

Ninety Days Later

Three months have passed since Mr. Winkle woke up, and I am finishing the chronicle they commissioned me to write. We have won the first battle, but the war goes on. Everyone knows that simply having a document file is like having nothing. What good is a file called *manythings.docx* if you lack a program to read it and a printer to print it?

At present, we have the data of Mr. Winkle's brain and very sophisticated 3D visualization software that allows us to see it and, by zooming in, distinguish cells, ribosomes or even the molecules that make up the DNA of his chromosomes. We can see the synaptic connections and carry out simulations in order to observe, for example, what would happen if we were to add some dopamine molecules. This simulation is so sophisticated that it includes both their spatial shape and the electrical fields that cause them to interact in one way or another. However, the images representing his brain are not, of course, his brain. They are merely images on a screen or holograms. They are a very detailed photograph of a person, yet they are not the person.

For the next step, the necessary technology, i.e., the means of making a 3D printout of the file, does not exist yet. This would imply reproducing the scanned brain exactly and having it start to function autonomously. This is not the place to give a history of 3D printing, but it is obvious that we have come a long way since those early printers that could turn out a vase using plastic materials, or a replica of Mount Rushmore using chocolate. Then came others with print heads that spewed out collagen and elastin while other heads spouted already cultivated cells to be sowed randomly, so producing tissues. Nowadays, we have printers that can create bone in all its complexity and one of the WWB companies has already succeeded in printing more sophisticated elements, such as kidneys. A very long way, indeed.

In any case, when we print out kidneys to implant on patients, thus freeing them from the thralldom of dialysis, we are aware that all human kidneys are interchangeable, aside from the possible problems of rejection. In fact, inside the kidney itself, one nephron is just like another, and they too could change positions without affecting the kidney's functions. Similarly, whatever happens inside of each cell is not relevant, so long as the general functioning is correct. The different cells do not contain relevant information that makes them unique.

That, of course, is the great difference with the brain. It is not just that no two brains are alike (they would be two identical selves); the question is that the differences between brains are minuscule, so tiny that they lie not so much at the cellular as at the molecular level. That is why it was vital to develop an extremely precise way of scanning the brain: just one minimal difference in the position of a molecule, and it would no longer be Mr. Winkle's brain; it would be a different one.

By now, you have probably understood the reason behind the name of the program: Objective Gutenberg. We not only wanted to obtain all the data from one brain, in this case Mr. Winkle's; the ultimate aim was to reproduce the data materially, that is, to print it. In spite of the billions invested, it is still true that one cannot go ahead of one's times: we have not yet reached the stage at which it is possible to make a 3D printout of a brain.

Accordingly, the team made several copies of the file of Mr. Winkle´s brain and stored them in very safe places, together with all the documentation necessary so that in the future, when the technology exists, his brain can be printed out. After that, the team was disbanded and my bank account increased by five million dollars.

After the dissolution of the little community in which we had lived for two and a half years, what remains is a set of scientific descriptions of the methodology employed, a series of IT handbooks about the management of the files, and the files themselves, the image of Mr. Winkle's brain on the day of the scan. That is, the exact image of his self. Together with those materials is the chronicle I wrote. Those files of the scan contain all his knowledge, all his memories, all his skills, his whole personality; in a word, Mr. Winkle´s self at the time of the scan. Some might even say his soul.

From the moment he woke after the anesthetic, his brain continued to undergo modifications, with new knowledge, memories and experiences added. His brain went on changing, just as everyone's brain does every minute, but what is on the file remains immutable. If those files were ever to be printed, something everyone on the team took for granted, Mr. Winkle would be the first immortal person in the history of humankind.

While packing my things before returning home for the first time in two years, I remembered the Greek myth of Tithonus and a shiver ran through my body.

2 Murder or Suicide?

Solomon Steinberg

My name is Solomon Steinberg, and I am a partner in the renowned law firm Sharman, Briggs & Associates, founded in the mid nineteenth century, specialized in inheritance and trusteeships, and in acting as executors for wills involving the huge fortunes of multimillionaires. I have been working here since 2010; I was twenty-five years old when I started and I am now seventy-five. I started off as a law clerk and in the fifty years I have been here I have gone up all the rungs until I finally became a partner, the dream of all young lawyers coming into this law office which only a very few, however, manage to achieve. In this time, I have seen all sorts of family feuds, things you could never imagine taking place amongst relatives in the first degree. When there are many millions of dollars at stake, however, anything can happen, from threats and the most despicable types of blackmail to murder: people spilling the blood of their own blood.

I thought I had seen everything, or at least that at my age there would be no case that I would not know how to handle. Then, a few months ago, I came up against an extraordinary professional challenge. I was about to go into the meeting room, as I had done hundreds, perhaps thousands of times before, to try to solve a conflict between two parties. I must admit that, for the first time, I felt as unsure as a recently-graduated duty lawyer who suddenly found himself called upon to defend the assassin of a President of the United States.

When both parties in litigation are clients of our firm there is an added difficulty, but we have always managed to come to agreements, and we have never had a case in which we had to drop one of our clients due to a conflict of interests. The case I was going to face in the next few minutes was different. It was not just that the opposing parties were both clients of ours: the opposing parties were both the same person.

When our client was thirty-five years old, he decided to have an exact model made of his brain, a scan of it at the atomic level. At that time, there was no technology capable of producing a 3D printout of the files of that scan to produce a new functioning brain, that is, one with living cells. Over these last twenty years, however, the technological leap has been enormous. We have witnessed the development of bio-printers capable of reproducing any human organ; you only need to have the pertinent digital file with all the data and the sophisticated three-dimensional bio-printers will turn out a replica of the scanned original. I am told that each organ requires a different level of resolution, and the brain is the most complex one of all, requiring resolution at the atomic level. That means being able to reproduce a person's brain exactly, with all the memories, knowledge and feelings it contained at the time of the scan.

Due to the risks involved in this type of scan, which requires a previous process of extreme cryonization, at close to absolute zero, this procedure has only been carried out once before, on Mr. George V. Winkle, the mastermind, promoter, and financer of the project. When it was made public that it had been carried out, world governments forbade its being repeated, due to the high risk involved in the process of ultra-cryonization. For this reason, the only brain ever scanned at the molecular level is Mr. Winkle's and, therefore, he is the only person of whom we have files containing his cerebral data. Consequently, his was the only brain in the world that could be replicated, and this was done a few months ago. (Bio-printing of all other human organs is a technique that has been used successfully over the last thirty years, and so the rest of his body has been printed, a replica of him at the time when he was scanned.)

Up to this point, there was no problem, except that after the scan Mr. Winkle, as was to be expected in a young and healthy person, awoke from the anesthetic and carried on with his life. The result is that now we have two Mr. Winkles; one is thirty-five and the other sixty years old. Each of them was our client, and I was about to meet with them. This was the reason why I felt so disconcerted, since I had no idea of how to cope with the situation.

"Good morning, Mr. Winkle," I said to the person who came to my office, as I showed him in. He was the one who had recently been printed out.

"Good morning, Mr. Steinberg. It's a pleasure to see you again, after some twenty-five years, they tell me. To me it is only a week".

"A pleasure. Now, if you please, we will go and meet the Mr. Winkle who is in our meeting room".

"Which is to say, myself twenty-five years from now".

“Yes, yes, of course,” I replied, since I could not question the fact that they were both the same person.

We walked into the meeting room and there was the other George V. Winkle, with a mind and a body corresponding to his years, sixty. The two Winkles, or rather Winkle in his two versions, greeted each other quite coldly, without so much as shaking hands. On the contrary, the version that we can call Winkle 60 (due to his age, as opposed to Winkle 35, which was his age when he was scanned) greeted me very cordially.

Many years of practice give one the intuition to know when a warmup phase with the usual polite introductory remarks is convenient and when it is best to go straight to the point. In this case, it was obvious that the second option was required.

“Gentlemen, let me be frank with you. As you may imagine, I have never been in a situation like this before. If you have no objection, I beg you to accept a way of proceeding on my part, which, as you know well, is not the usual one”. I was improvising. I made a pause to see if they had anything to say. Silence.

“In a normal meeting, each party sits at one end of the table with me, as the mediator, in the middle. When I talk to one of them, I look at the person and address them as Mister (in this case) and their surname. Today I will always speak looking straight in front of me and I will address you both as Mr. Winkle. I hope this will make it clear that I am equidistant and that I consider both of you to be Mr. Winkle. Of course, you can speak out whenever you deem it convenient, either addressing the other end of the table or myself,” I explained, feeling satisfied at not having committed any linguistic error that might imply that I considered them to be two different persons. “Does this seem adequate?”

Silent assent. I made a pause before carrying on. “We, that is, Sharman, Briggs and Associates, consider that we hold the legal representation of Mr. Winkle, whatever his age may be, as long as he does not revoke it. In no case will we accept one of the parties saying that the other is not our client. If one of the two wishes to be represented by a different law firm, we have no objection, and we will provide his new lawyers with copies of all the documentation we have, since it belongs to both parties. If you wish, we may begin”.

Not once did they interrupt me during my explanation. The conflict was as simple to state as it was difficult to solve. Both parties, not both persons, since they were one, considered themselves the owners of the Winkle fortune, which, twenty-five years later, continued to top the Forbes list. The most viable proposal was to divide the fortune; that would have been an easy solution, but the problem was deciding who was to rule the Winkle empire, WWB. Money can be divided, but not power. That was the first problem.

The other problem was that Winkle 60 had married Kimberly Knaves and they had a son who was now twenty-one. Kimberly was an ambitious woman, obsessed with protecting her son’s inheritance and power status, so that he would become one of the most powerful people on earth, and she did not want him to share this with Winkle 35. Winkle 60 backed his wife’s point of view and, of course, his son’s interests. In his brain’s memory, Winkle 35 held no remembrance or feelings about Kimberly or the son, since those two people had not entered Winkle’s life when his brain was scanned and, consequently, there could be no trace of them.

“We have studied the problem in depth and, unfortunately, we have come to the conclusion that it is impossible to find a solution based on the Law. Of course, as you may imagine, there is no jurisprudence, no similar antecedents, and no laws that can apply to such an unprecedented situation," I went on with my explanation; neither one of them interrupted me nor abandoned his hieratic, inexpressive attitude. "When there is no solution in the Law, the only possible solution is to come to an agreement. Since there are no clear guidelines, the legal muddle that would ensue would involve a never-ending series of lawsuits that would not be in the interests of either party, as they could go on for years. Over those years, WWB's companies would have to be put into court receivership, and that would undoubtedly be to the detriment of the running of WWB".

Only silence in reply to my pause.

"After having analyzed the opinions of the best experts in the disciplines relevant for the case, from neurologists to computer scientists, the partners in this institution —we partners always call the law firm the Institution— have come to the unanimous conclusion that the two parties here present are the same person. We do not accept as valid any considerations about whether one of the parties has more or less 3D-printed elements in his body. Such an argument would lead us to the absurd situation, for example, of considering that a person who had received a printed or bionic heart would be less of a subject of law than someone who had their heart from birth.

Another pause and the silence remained unbroken. At some moments, had I not been aware of how much was at stake, I could have thought that they were not even listening to me.

"Therefore, ruling out the relevance of amount of printed matter in each body, what remains is, of course, the brain. For the sake of clarity, I will refer to brain 35 and brain 60 in speaking about the brains of the two opposing parties. I stress again that we are talking about brains, since we do not believe that there are two different Mr. Winkles, but we cannot deny the evidence that here and now, in this room, there are two bodies, each having a brain. I insist, two bodies but a single person". I explained this with a smile that was not forced, due the fact that in making the distinction between the two brains I did not have to be so careful in order to avoid referring to two persons, and also because the image of the Holy Trinity —one God in three persons— came to my mind. To make things yet more complicated, I thought, we could come even closer to the Trinitarian image by incorporating the son of Winkle 60 since, if both Winkles were the same person, the son would belong to both, given that their chromosomes were identical. Genetically, this was unquestionable, but since that issue had not yet come up, it seemed better to leave things as they were.

A new pause and a new silence, which I took as an invitation to continue. Before doing so, I poured myself a drink of water from the crystal pitcher that stood on a small silver salver together with a fine long-stemmed crystal cup. The salver, cup and pitcher all had the coat of arms of the institution engraved on them (Sharman, Briggs & Associates could not be so common as to have a logo).

The Winkles had not touched their water sets, nor had they accepted any of the other beverages offered to them by our young female assistant before the start of the meeting.

"As I was saying, having discarded the bodies as a way of determining any sort of preeminence, we have had to focus on the brains. Both parties, that is to say, both brains, are our clients. Brain 35 is a client, because, before the scan, he provided us with a sufficient amount of money to pay for our fees in defending his interests, at the same time that he signed a document which states that this decision is irrevocable, even by himself, in the future. Brain 60 is also our client because he has decided to continue to place his confidence in us. It is not the first time that we have had parties with opposing interests that were both clients of ours and, as I explained before, this has never been a problem. We have a protocol that specifies very clearly the way to proceed and the options that we offer our clients in such circumstances. In this very special case, however, that protocol cannot apply".

I began to elaborate on the reasons that had led us to the conclusion that neither of the brains had preeminence over the other. Technically, brain 60 could not be considered an evolution of brain 35, since there had been a break in continuity; it was the evolution of the brain that had woken up from the anesthetic after brain 35 had been scanned. Consequently, it had no right to go back on, or cancel, any decision made by brain 35 in the past, unlike what someone can do when they modify a will they made many years earlier.

The other argument was that if one was the original and the other the copy, the original would have preeminence; but this was not the case. Brain 60 was the same Mr. Winkle he was before the scan, and therefore he had to assume the commitments that he himself had acquired in the past. Both brains were composed of neurons; those in one brain were the same as they had been at the moment when the scan was taken, and those in the other were the result of their evolution over the years. Each brain belonged to a living being; both were made up of neurons that were genetically identical, although they contained different information. No histologist could have determined whether a neuron from either one of the brains was original or "printed". They were identical, they were the same self at different stages of its life.

Once I had finished my explanation, in view of the fact that they uttered neither comments nor questions, I concluded as I had begun: the only possible solution was a compromise. Winkle 60 spoke out:

"Mr. Steinberg, I believe that your firm has done a wonderful job, and your exposition was excellent, as usual. You managed never to refer to us as two different persons. Therefore, I understand, and accept, having you as a witness, that we are both the same man," he stated, calmly and politely, as he opened the attaché case that he had placed on the table and, pulling out a pistol, aimed it at Winkle 35's head and pulled the trigger twice. "As I said, Mr. Steinberg, you have convinced me that we are the same person, and I have decided to commit suicide". Winkle 60 put the gun back in his case and, never losing his calm, got up and walked to the door. When he reached it, he turned to me, nodded politely and said:

"That was a most pleasant and instructive meeting and, as usual, after listening to your arguments my ideas become clearer. I wish you a very good day, Mr. Steinberg". He opened the door and walked away as if nothing had happened.

Normally, in the impressive setting of the meeting room and its huge oak table, I was the one who surprised our clients. This time, a client had surprised me. For the first time, within the walls of that twice-centenarian institution, there lay a corpse with two bullet holes in its head, the result of murder or perhaps of suicide.

This mishap would probably very much upset Hudson, a sort of valet of the firm who, one might venture, was about as old as the premises. He was responsible for coordinating the maintenance and cleaning staff, known as *the servants*, so that everything was always in shape, which meant always the same as the day, month, year or century before. Poor Hudson! How would he manage to ensure that the next morning there would not be a single bloodstain on the table or on the Persian carpet? Sharman, Briggs & Associates could not afford to allow a small incident of that sort to produce the slightest change in its inalterable setting. The meeting room had to appear immaculate, just as it had every day for the last two hundred years.

Guadalupe Esmís

My name is Guadalupe Esmís. I am twenty-eight years old, and I married six years ago. When I had my second child, I quit my job at Walmart and now I do what I like to do, take care of my family. My man works in a car body shop, and we make do with his salary. He doesn't like me working outside the home, and I don't fancy spending all day running stuff under that little red light that reads bar codes, I was really fed up with that. We can't afford luxuries, but we can't complain. Besides, Nelson always lands some extra job or other, which means a bit more dough.

I've been made foreperson of the jury that is trying that Winkle guy for having killed another Winkle. Having to come here has been a real hassle because of my work at home. I had to ask my mother to help with the kids and have food ready for Nelson and them when they come home for dinner. Noons, he eats at work and the kids in school, but breakfast and dinner is at home. Dinner, I worked out with my mother, but breakfast was a different story. Nelson hasn't got a clue what to prepare for the kids or how to help them get dressed. Thing is, I thought it would only be for one day.

At first I thought it would be fun to sit on a jury like in the films. Hell, I'd never been treated like I was such an important person before! But now it's become a real drag. The judge made it crystal clear what we're expected to do: say whether the murderer was guilty or not, but the thing has become a real hassle now because the lawyers were driving us up the wall, getting us all confused with a lot of bullshit. After a certain point, none of us knew what the hell it was all about. Then we had to withdraw and deliberate, and the rest of them were all asking me. They said since I was the foreperson, I had to make this, that and the other point clear to them, and if I couldn't I had to ask the judge.

At first the judge made it seem real easy, but then, when he started to explain it more, he messed it up. All of us understood very well that we had to say whether the murderer was guilty or not, but then he started getting on our nerves insisting that it was important for us to decide if it was murder or suicide. Suicide? I can't conceive how, after all they've studied, they don't know what a suicide is. No doubt about it, all this looks easier in the films and TV shows, but once you're really there, everything gets mucked up.

If I had gotten a normal case, I think I would have enjoyed it. I don't know, something like a guy kills his wife out of jealousy, or a mugger shoots a shop owner when he's holding up the shop. Common everyday things. Fact is, I've been bored to death. The DA and the lawyers kept talking and talking about stuff that didn't seem to have anything to do with the case, and what's worse, the judge didn't tell them to cut it out. They kept on and on about was the dead guy the same guy that had fired the shot. Now, nobody try to tell me that's normal! There was a point when I thought they were putting us on, but I think what happened is they got confused because the dead guy and the murderer were both called the same.

When someone commits suicide, they don't try the dead man. If you're trying the guy who killed him, that shows it's not a suicide. Well, such an easy thing ended up being not so easy for some members of the jury who have let themselves be led on by what the lawyers were saying, and then by a whole lot of wise guys, expert witnesses they called them, who turned up trying to show off, as if they wanted to teach us lessons in computer science and medicine. Hey, we're a bit old to be taking classes! Besides, there was no way to make sense of what they were saying. They used really weird words to make themselves sound important, and whenever they said "I will give an example to help you understand this," what came after that had nothing to do with the murder and it did not clear anything up.

At first I tried to listen to all of them, but right away, when I saw they were only talking nonsense that no one could understand, just pointless blah, blah, blah that gets you nowhere, like salesmen's spiels when they are trying to make you buy things for the kitchen, I just stopped listening, because they were putting me to sleep.

So now the trial is over and all of us jury members are gathered together to see if we can come to an agreement. Today is the fourth day and I'm fed up with all of this. I can't believe there are people who just want to make life difficult and insist on defending sheer bullshit. It's as if they had been sitting in on a different trial. There are just too many fussy people who love listening to themselves and they keep repeating the same gab that the lawyers were giving us. I think they're just trying to look clever and pretend they understood all that nonsense. How can they rack their brains about crazy things like can two people be the same person? If this goes on, we'll never get out of here! Next Friday some of Nelson's friends are coming over for dinner and to watch the game, and who's going to cook? I can't ask my mother to do that too.

It's all this stuff about cloning, artificial insemination, zombies, and all those other atrocities that's causing problems like this one. Killing someone, no matter if he's your replicant, avatar or whatever you want to call it, is not the same as when an artist tears up a picture he's drawn of himself because he wants to do a better one. The artist can do whatever he likes with his drawings, but a picture is not a living person. All those things the lawyers were trying to tell us about are what's causing all this hassle among us, but I won't buy any of it; I'm not one to be led on by smooth talkers. I can understand them asking if the accused is guilty or not, but it seems pretty clear to me: there was a witness and besides, the guy who fired the shots has admitted it. So, between guilty and innocent there is no doubt. The question about is it murder or suicide is a stupid one. If someone kills someone else, it's murder, period. Are they all morons, or something?

Nicasio Sloth

My name is Nicasio Sloth. I am, or I act as, or I work as, a judge, and I am not sure which of the three verbs is the most appropriate.

Such a strange trial could not have a normal ending. The jury, after four days' deliberation, which is a pretty long time, has taken a decision by a qualified majority. At that moment I thought, naively, that it was a good thing that this state does not require unanimity, because all we needed was to have no verdict and so have to repeat the trial. They have found the defendant guilty. My question was whether it had been murder or suicide, and they said he was guilty of murder. I think they did not really understand the full extent of the question, or what was being debated in the trial, but the jury system is what it is, and we have to accept what they decide. This way, all I have to do is give a sentence, and I don't have to rack my brains trying to figure out who is right, the prosecution or the defendant. It is the essence of our system and, although it is not perfect, it seems to be the best way.

Guilty, of murder. Case solved. Easy, right? Wrong. Everything went wrong at the last moment. If, as I said before, this trial was already strange in itself, another factor came up at the end, one that always turns normal things into strange and strange ones into surrealist things: the Sharman, Briggs & Associates factor, something every judge fears.

It is not something mentioned in any legal text, but any judge knows, either from having suffered it personally or from word of mouth, that whenever this anachronistic (I would say uchronistic) law firm steps in, everything goes haywire and difficulties increase exponentially in relation to the time their lawyers spend on their presentations. How do these people manage to turn any legal issue into an irresoluble rigmarole?

Let me try to explain this. Being a judge is a job like any other: it is just a question of getting your salary every month and doing the minimum work possible. All those who talk about vocation, or who feel that they are a sort of divine instrument meant to straighten out this world are simply mentally ill, or have serious problems with their self-esteem. Work is work and you have to do it well, but there is a considerable distance between that and believing that certain professions are vocational or an extension of the hand of God. It is true that certain activities, such as those of judges, physicians, politicians or urban planners, among others, have a greater tendency to believe that what they do is extremely relevant. A doctor can kill people one by one, a bus driver forty at a time. Why are there more deranged doctors than there are wacky bus drivers? That remains a mystery. The same thing happens with us judges.

My professional habit always breaks in: I start talking about one thing and end up digressing. I have done it again just now. I say it is professional because when you spend hours and hours listening to lawyers who are more than happy listening to themselves, you end up developing automatisms so you can let your mind wander in outer space. If I really listened to them, I would not be able to avoid falling asleep, and that is the most unaesthetic thing a judge can do; I am sure it would negatively affect his career or his colleagues' opinion. That is why I have this tendency to digress, but now I will try to come back to the point.

I was saying that, like in all other professions, all most normal people want is not to have complications in their work. Waiters don't want clients to try and act chummy, or to say that the basil in the Neapolitan sauce was not fresh enough. Taxi drivers don't like to be asked to drive to a street that they do not know, and doctors hate to have a patient dispute their prescriptions because they have read on the internet that the drug prescribed may cause alopecia in one out of a million cases. Those of us who are mentally sound expect to receive a salary for our work. We do not want immaterial payment in kind, such as pats on the back, worship of our ego, or the admiration of halfwits who consider that we are here to save the world.

What the people in my profession —those who do not have psychological issues— like are cases where the accused has been caught red-handed, or where the evidence is undeniable: a thief arrested by the police when he was holding up a jeweler's shop with a gun in his hand; a man who has been seen beating his wife by five independent witnesses plus a security camera; an accountant who has sloppily transferred an amount that he cannot justify from the company's account to his own. That sort of thing is what most of us normal judges like, those of us who do not have delusions of grandeur. They pay us to do a job and we do it, but we don't want complications added on. We already have our own problems at home with our teenage kids or with our partners who cheat on us every time they go off to a conference on knee surgery. My normal colleagues and I, when we put on that old-fashioned costume that we have to wear, making us look half priests in cassocks half Harry Potter's teachers, do not want any additional problems in our work. But that turns out to be impossible when Sharman, Briggs & Associates step in.

I had the case all worked out. The jury had had to listen for hours on end to the most ponderous and boring philosophical arguments I have had to bear in the last thirty years of judging from my seat. Their behavior in court was praiseworthy, since they never gave obvious signs of having disconnected, such as snoring heavily or falling off their seats when they fell asleep. After the torture they had to put up with, they managed to come to a verdict, although it took them longer than was to be hoped for, and by a two-thirds majority, which the law requires in these cases. (I had been practically sure they were not going to succeed, and horrified at the prospect of a new trial.) I felt happy. I had a verdict, and I was preparing to give a sentence and forget about that unpleasant muddle when the inevitable happened. I should have expected it, since that trial had been on the wrong track from the start.

When I saw Solomon Steinberg, one of the partners at Sharman, Briggs & Associates, arrive accompanied by five acolytes (the number of acolytes being proportional to the debacle they were about to set off) loaded with dossiers, my legs quavered, and my heart sank. I knew something awful was going to happen to me.

And it did. All the hours invested in that trial went up in smoke. I realized right away that a large number of us had been wasting our time working in vain, as part of an absurd ceremony, since all we had done became useless the minute the Sharman, Briggs & Associates delegation arrived. The worst thing is that I will never know whether Steinberg's expression, that damned smile on his face, was one of compulsory amiableness due to professional politeness or simply one of derision after having destroyed the result of all our efforts. They tore down the work done by many professionals of the Law, by the expert witnesses who had come from many different places, and by the so-called *twelve men without pity*, an unfortunate and old-fashioned epithet applied to a dozen men and women who were wasting their time and money due to their compulsory duty as jurors. And by me, of course; I who had had to bear never-ending disquisitions about *the self* of the victim and of his murderer, arguments that would have astounded the always meticulous Scholastic polemists and the scrupulous Byzantine disputers.

I had done my job well by presenting the question in a clear and straightforward manner: was it murder or suicide? The jury had decided. Now what did the ineffable Steinberg do? The answer is easy, although the language is not very precise in legal terms: He fucked it all up!

I should have listened to my father and carried on with his used-car dealership in Tulsa. But now it was too late.

Solomon Steinberg

My name is Solomon Steinberg, as I have informed you in a previous chapter, section or paragraph. As I have also stated, I am a lawyer and a partner in the renowned legal firm Sharman, Briggs & Associates, established in the mid-nineteenth century and specialized in what I have already explained, that is, inheritance, last wills and testaments and similar things, for the few who can pay the outrageous fees we charge and pay without complaining.

In a month I will be retiring. My professional career has been intense and productive. I have been an exemplary partner in the institution. I have always done what was expected of me, and that has earned me great respect among my colleagues and a very large bank account from my clients. The wealth I have accumulated thanks to my work will allow me, until the grim reaper arrives, to enjoy everything I have never wanted, dared or been able to do up to now. In a month, my life will take a 180-degree turn. I have already decided how I am going to start my new life of freedom: I will break my word about attending the tribute dinner that my boring colleagues are preparing for me, which, of course, I have promised to attend. From now until the time when death separates my body from my soul, or the worms eat up my body and my soul remains within the cloud of figments in which my life has evolved, I am only going to do whatever I feel like doing. My retirement will be absolute. I am leaving my colleagues at work, my wife, my children and my grandchildren —although for the moment only my colleagues know I am going. I have resolved not to think about any of those I will be leaving for fear of turning into a pillar of salt if I look back.

I intend to enjoy the time left to me together with the young female assistant whose smile is as false as mine is when we are inside the Sharman, Briggs & Associates building. The one who, at every meeting, asked us if we wanted coffee, tea, or a soft drink. She is forty years younger than I am, fifteen older than my granddaughter and ten younger than my youngest daughter. We are going take a tour around the world, with no interest in, or certainty about, completing it. Wherever we feel comfortable, we will stop and stay until we get tired and decide to move on.

As you may well imagine, she is coming with me because of my money and I am with her because of her body and because her naiveness transmits her *joie de vivre* to me. We have nothing at all in common; no serious talking point interests both of us. We do share the fact that she is as interested in Law as I will be from the day of my retirement. One thing we are both very clear about: neither of us is in love with the other and never will be; there is no point in fooling ourselves. She will inherit whatever is left of my wealth, which will be quite a lot, because no matter how much I spend on our travels, or on Viagra, it is not going to make a big dent in the pile of money I have earned and saved throughout my whole life.

Anyway, I did not want to put an end to this story without mentioning that I will never again put on those old-fashioned elegant outfits that I had to wear when I was at Sharman, Briggs & Associates. From now on, I intend to dress like any tacky tourist (flowered Bermuda shorts, gaudy shirts, baseball caps and sandals worn with white socks). I will go around showing off my young couple, not caring in the least about what people may think about my actions, looks, or behavior.

I will now put an end to the story by giving an account of my last professional accomplishment at Sharman, Briggs & Associates. I have already explained the clash between the two Mr. Winkles (even if they were the same person); one wanted to get back his power and fortune and the other wanted to keep both things and pass them on to his son, without yielding the smallest part. You also know that one of them killed the other, and what happened in the ensuing trial: the defendant pleaded that, since it was himself that he had killed, it was suicide and not murder. He had killed his past, as many people do; in fact, that is what I am about to do myself, not in a violent way but simply by changing my life.

The jury did not see it in this same light, because they were not even able to understand the problem addressed in the trial. Everything seemed concluded when they gave their verdict of "guilty of murder". One of our clients was dead, and the other one was going to go to jail, probably for life. What neither the judge nor the jury counted on was that Sharman, Briggs and their Associates never give up and always defend their clients' interests to the end. How could we achieve that in this case? It was complicated: not only were both parties clients of the firm, but they were also the same person. I wanted to end my professional career by demonstrating that a partner in Sharman, Briggs & Associates has resources enough so as never to have to give up. What I did is easy to guess, right?

The worst thing that can happen to a judge about to give a sentence for murder is to have the victim turn up and, what is more, state that he does not even remember having seen his supposed murderer pull a gun out of his briefcase or point it at him. Naturally, since he was alive, there was absolutely no point in having a trial or a verdict.

Mr. George V. Winkle, whom we agreed to call Winkle 35, left a copy of the digital files of his brain scan, that is to say of his self, under the custody of Sharman, Briggs & Associates. Thanks to this, before retiring I was able to pay one last service to our client by having another printout made of the brain and body of Mr. Winkle. In this way, Winkle 35 was alive again and Winkle 60 did not have to go to jail. This suited everyone. Except the judge, of course.

Could anyone say that this did not solve the conflict to the greatest advantage of our client? (Would it be better to say of the two brains of our client? Perhaps to the advantage of our two clients?)

Who cares!

3 A Criminal Called Asmas

The 23rd of January of the fifth year of the twenty-second century did not bring good news for Gregor Asmas. All his appeals and pleas for mercy had been rejected, and the sentence was now firm: very soon he would be executed.

People and associations for and against capital punishment had been particularly active, more than on other occasions, since the case was a special one, and not because of the terrible and execrable crimes apparently committed by that illegal immigrant, Asmas. Of German origin, he was one of the many who had fled from an impoverished and violent Europe to find a new life in North America.

Just as many others like him, Asmas had suffered discrimination due to his too white skin, his blond hair and his blue eyes. Nevertheless, the motives behind the conviction could not be attributed to racist attitudes, in the opinion of the majority of the population. He had raped and murdered the daughter of Baldomero Sánchez and Johanna Brown, a well-off, middle-class couple with whom many

Americans identified. The poor girl was a month away from her eighteenth birthday, and although Asmas always maintained that the sexual relationship had taken place by mutual consent, and that the death of the girl had been an accident, not one of the members of the jury, none of whom was light-skinned, believed him. Besides, in Texas any sexual relationship between an adult and a person under eighteen was considered rape, since before that age the minor has no legal capacity to give consent. The fact that Gregor Asmas had been employed as help in the Sánchez-Brown home, in charge of cleaning and looking after the two children, was considered an aggravating circumstance in the trial.

Gregor was married and had a son. When he was arrested, his wife and child, illegal immigrants too, were allowed to stay in the country until the sentence was executed, as a humane provision. After that, they would be deported immediately.

Víctor F. Estón owned, among other large corporations, the all-powerful multinational called 3D Organic Printing, which practically held a worldwide monopoly in the printing of organic materials, ranging from bones and muscles to lungs and hearts for humans. Nevertheless, the business of 3D OP was not limited to providing new organs to replace damaged ones for health companies and institutions all over the world. The greatest part of their business came from selling meat, fish, fruit and vegetables produced through bio printing. It was unnecessary and foolish to go through the whole process of raising a cow or a hake when you could simply print out a sirloin steak or a hake fillet by means of cell culture, much more efficient and less contaminating than cattle or fish farms.

From the day the first sentence was passed against Gregor Asmas until the time when it was to be executed there was a lapse of two years. During that time, 3D OP had started a project that was to bring about a revolution in its field: printing a brain and connecting it to a body. This project and the upcoming execution of Asmas were soon to come together.

For many years, Víctor F. Estón had been fighting against the ban on scanning ultra-cryonized human brains, which the Supreme Court had upheld in the middle of the twenty-first century, assimilating it to the ban on cloning human beings, and this had even been included as an amendment in the Constitution.

The argument given for banning scans at the atomic level was the classic one: the necessary process of ultra-cryonization at temperatures close to absolute zero was a risk that was not justified by therapeutic reasons. Although some counter-argued that anyone was free to put their life at risk by practicing an extreme sport, even to the point of recklessness, the Supreme Court held that special high-resolution scanning on the atomic level was a medical activity, and as such subjected to the ethical and legal codes and limitations that govern medical practice. Consequently, the printing of brains had been limited to animal brains and suspended in the case of humans, since there were no digital files that could be printed.

Víctor Estón learned about the first sentence against Asmas from the press, and contacted the convict's lawyers. They negotiated an amount to pay to his wife if she signed an agreement to donate his body to science —in this case embodied by one of Estón's research enterprises— for use in an experiment after his execution on the company's premises. Simultaneously, Estón started a massive lobbying campaign to get the State of Texas to authorize such an agreement as well as the printing of a brain that would be implanted in the body of Gregor Asmas.

He based this on three arguments: the first was that the death sentence would indeed be carried out, since Asmas' brain would be destroyed, leaving a dead body. There was no law that forbade a person condemned to death from donating their organs, and there was no limit to the number of organs. The second argument was that the condemned man agreed to this donation.

The third and most important argument was that the printing of a brain did not contravene the Supreme Court's ruling, since it only referred to the special scanning process, but said nothing about the act of printing files extant before the ban came into effect. The brain whose digital files existed was that of Mr. George V. Winkle, scanned over seventy years earlier, whose bearer —who had survived the scanning process without problems— was already dead. Besides, in the documentation accompanying the digital data files there was a document in which Mr. Winkle not only authorized but also requested that if in the future the technology necessary to bio-print his brain became available, the printing should be effected.

After a long struggle, which involved much explaining and writing up of requests, and who knows if perhaps presenting other less legal and more material arguments, Víctor F. Estón received the necessary authorization. Now they needed to focus on solving the technical problems posed by the millions of neurons that come out of the brain through the spinal cord and the cranial nerves. That, however, was for the scientific team and did not depend on judges and authorities. Moreover, there had been significant progress in nanobiology related to techniques for manipulating neuronal connections, which implied spectacular advances in the healing of spinal injuries.

On the day appointed for the execution of the sentence, Gregor Asmas, heavily guarded, was taken from death row in his prison to an operating theater belonging to 3D Organic Printing. Many days before the arrival of the convict, at the complex where the 3D OP buildings that housed the project were located, a team of IT experts and engineers was already at work converting the bits in the digital files of Winkle's brain scan into commands for the highly sophisticated 3D bio-printer to execute. Other teams of physicians, biochemists, neurologists and biologists were busy preparing the different types of "inks" that would be coming out of the printheads: lipid, protein and glucide molecules, physiological serum and also glial cells and blood vessel cells —cells in the brain that contain no information at all, but are necessary as auxiliaries to the neurons. These came from a culture of stem cells since, as they did not contain data from Winkle's brain, there was no need to rebuild them molecule by molecule. The neurons, on the contrary, had to be reconstructed in such a way that they were identical to the original even in terms of the position of each single atom, exactly as it stood in Winkle's brain on the day it was scanned.

While the process of building the new brain was underway, a team of histologists, physiologists, anesthetists, and neurosurgeons was busy keeping alive the cells already created. Nanorobotics played an indispensable part in the whole process.

The printing of Winkle's brain, a process that took thirteen days, was finished just before the convict arrived in the operating theatre. The neurons of the newly created brain, an identical copy of Mr. Winkle's when he had it scanned at age 35, were kept under anesthesia until the moment when the brain would be placed inside the convict's skull.

Everything went as expected. Gregor Asmas, convicted of rape and murder, was given the lethal injection. The neurosurgeons extracted his brain and placed it on a stainless-steel tray that was put in the hands of a pathologist who prepared it before sending it to the Coroner's Office. The whole process was supervised, from inside the operating room, by three physicians appointed by the Court, who certified the death of Asmas and the execution of the sentence.

Immediately after that, the amount of one hundred thousand dollars was transferred to a bank account in Germany in the name of Asmas' widow. The following week she would be leaving, with her son, on a flight from Houston to Frankfurt, escorted by two Immigration Services agents who were to ensure that the expulsion order was fulfilled.

The Governor was pleased because the disturbances on the day of the execution and the confrontations between pro- and anti-capital punishment demonstrators had not been as widespread and violent as expected. Fortunately, he did not need to regret the display of too many images of police charges on the newscasts; these things are always unpleasant and they end up making one lose some votes.

For Víctor F. Estón and all his team, things were coming out exactly as planned, up to the moment. In any case, success meant achieving three goals and, so far, they had secured two: first, the operation had been authorized and second, it had been a technical success. They had already ascertained this, since the implanted brain had started to function like any other healthy brain under anesthesia. The blood flowed normally and they could detect cerebral activity: the printed neurons were alive. Complete success would come when Winkle awoke from the state of induced coma and started to be himself again. In other words, when he "resuscitated" as the same man whose brain had been scanned seventy years earlier.

That is what happened on the sixth day, when his sedation was withdrawn. George V. Winkle, or his brain (if anyone prefers to put it like that, believing there is a difference), started to feel the same sensations that any person undergoes when they come out of anesthesia. It seemed to him that only a few seconds had elapsed since the time they had given him the anesthetic before ultra-cryionizing him to scan his brain.

In a surgical operation, regardless of whether it lasts minutes or hours, the patient is not aware of the time elapsed. In Winkle's case, it had been years, but he could not have the slightest notion of this, since he had no reference upon which to calculate. Gradually, he began to remember and to organize his memories, while he heard voices that spoke in what sounded to him like a very strange kind of English, with an accent that he had trouble in understanding. It was not only his temporal awareness that was confused; he had no way of knowing what city or country he was in, either.

He managed to open his eyes and what he saw confirmed what he had imagined: he was in a hospital ward of the kind used for patients to recover after anesthesia. He felt that he was breathing without the aid of a ventilator, and was only wearing a respirator mask that supplied him with air richer in oxygen. He was fully aware of who he was. He could access all his memories and, among them, the reason for his being there. He remembered the details of Objective Gutenberg perfectly; he could even remember the last words he had heard before going under the anesthesia prior to his ultra-cryonization, spoken by Dr. Owen Chase, the anesthetist, while he was injecting the drugs that would put him to sleep. "I would love to be able to see you when you wake up the second time, sir". At the time, he had not caught the irony, but now the meaning was clear to him. The first time that Dr. Chase had awakened him was after the scan had been carried out, but there was no way in which he could remember that, since it had happened after the scanning and, of course, his memories stopped exactly at the time of the scan, when the data in his brain had been digitally stored.

In fact, he could have no consciousness of anything that had happened to the Winkle that had woken up the first time, immediately after the scan. From that moment on, there was nothing he could remember, because it was not in his brain. Could he even say that those things had happened to another *self*? He had no idea of whether that other Winkle had survived the process of re-heating after the ultra-cryonization, or if at present that Winkle was alive or dead. Of course, there was no way in which he could know whether the anesthetist, Dr. Chase, was still alive. Had he been present at this second awakening, as he had wished?

It was obvious that if he was fully conscious and in possession of his memories, it meant that Objective Gutenberg had been a success. With the scanned data, someone, perhaps from one of his own companies, had managed to print out a new brain for him, identical to the one he had in 2035 when he was thirty-five. Gutenberg was no longer an objective: it was now reality.

The fact that he was able to open his eyes and the proprioceptive sensations that he was receiving led him to conclude that he was not an isolated brain, but had a body. What he could not know was what body. It could just as well be a bionic body, a printed body, a deformed human body or even worse, an animal body. That would be worthy of Kafka indeed: in the search for immortality, to end up like the mythological Tithonus. He remembered Kafka's *The Metamorphosis* and felt a shiver.

He began to focus on the reactions that he was receiving from his senses. A slight headache, and the uncomfortable feeling of the serum drip needles in his arms; that was normal. He could hear sounds and people saying things; that was normal, too. He could see what he had expected to see. So far, everything seemed normal. Now it was time to start ordering the muscles in his arms, legs and neck to make small movements: no problems there. He felt a rush of gladness when he realized that his brain had been implanted in a human being. Now he had to find out where he was, and what year it was. What would the present-day world be like? Would he like it? Would he be able to adapt to it?

He did not have much time to dwell on these things, because a parade of people soon started, and it went on all day. Physicians of all the different medical specialties involved examined every part of his body and asked him questions and more questions about his state. They used devices that he had never seen before to measure his vital signs and perhaps other parameters. He decided not to ask anything, and simply answer the questions. Everyone seemed to be so absorbed in their work that he resolved to postpone finding out where he was, or what year or century they were living in.

He was only able to gather a little information from someone who introduced himself as a neuropsychologist, a tiny man who looked like a post-office clerk. Without any other criteria to judge him by as a good or bad professional, he got the impression that the doctor was one of those run-of-the-mill types who simply apply established procedures without bothering to consider if they are suitable for the circumstances given. One of those who, when an answer is not included in the list of possible replies, simply forget it because they are not able to process it.

"How are we feeling today?" he asked, as if Winkle were a patient he had been seeing for days. The question made him smile. Whatever year it might be, hospital staff were still employing the silly technique of trying to appear close to the patients by using the first person plural. Whenever he was asked things such as "Have we had any pain lately?" he would invariably answer something like "Well, I certainly have; I don't know about you", something they never seemed to consider funny. In any case, now he did not feel up to attempting such subtleties, and he replied: "I'm feeling pretty well. Some slight discomfort, and I feel a bit dizzy, but nothing special after all I have been through. I would imagine it's only normal".

"Do you remember your name?" the doctor continued, following his questionnaire.

"George V. Winkle. If you wish, I can tell you my date of birth or any other fact about my… earlier life". He felt surprised at having used the word *earlier*.

"Do you know where we are?"

"I haven't got the faintest idea, as you can imagine. If what you are asking is whether I can recognize my near surroundings, I would say that we are in a hospital room, or a cubicle in an intensive care unit, or a recovery room".

"Do you know what day it is today?"

Winkle had been the owner and CEO of a veritable empire made up by hundreds of companies. He was not used to having people ask him questions; he was the one who posed them. He had to make an effort to avoid telling the man to shut the hell up; the moment the doctor had opened his mouth he had felt he was an idiot; the second time he spoke, he was sure of it. He felt no desire to put up with someone asking him questions which were obviously inadequate for the current situation, such as "Do you know where we are?" and who also seemed absolutely incapable of offering any positive reaction to his answers. He could accept the need for the doctor to question him to find out whether he could find his bearings or identify himself, but if this was not to become some sort of police interrogation, the normal thing would be to confirm that his answers were correct. He felt a special aversion to people who stick closely to a prepared outline and cannot adapt to the situation and interlocutor.

For an instant, a question flashed through his mind: What was his current status? He was used to the power that comes from wealth, to the respect that comes from power, and to the admiration that comes from respect. To put it bluntly, he had been *the fucking master*. Now he did not know where he stood. He had no idea of whether he had any of his money, his power, or his companies left; also of the respect, and perhaps even the fear that he had caused in people. Did any of that remain? He could not know if he had descended from the highest position to become diluted in mediocrity, or perhaps to a level below mediocrity. Another shiver ran through his body, and he decided to be respectful to his interlocutor.

"I know that the copy of my brain was made on April 17th, 2035. On that day, I was anesthetized, and I cannot know how much time has elapsed since then. Neither can I know whether the original of whom I am a copy is alive or dead. Could you please let me know today's date?"

"March 28th, 2105".

"Really? 2105? Incredible! That means it has been seventy years since I was scanned".

"Exactly, Mr. Winkle. You would be one hundred and five years old".

"And now I am in a body that is..."

"Twenty-nine years old. Don't worry; it is a healthy male body". That was the first sensible thing the neuropsychologist said.

The questions continued, and Winkle answered them automatically. He already had some information about his new life: it was the twenty-second century, and he had a healthy body. It was a man's body; he wondered what might have happened if they had implanted his brain in a woman's; it might have been an interesting experience. However, this was not the time to imagine things but rather to gather as much information as he could in order to get on with his new life. In any case, he could see that his current interviewer was not the most adequate source, and he decided to wait until he could speak to someone better informed.

The opportunity came the next day. "Good morning, Mr. Winkle!" said an impeccably dressed black-eyed man who irradiated authority, as he stretched out his hand. When he entered the room, the nurse who was there on permanent duty walked out discreetly.

"Good morning, Mr..." Winkle replied, with a handshake that both knew could not be very firm, since he was still recovering.

"Estón. Víctor Frank Estón. To you, simply Víctor. It is a real pleasure to be able to meet the person who created an empire like WWB," he stated, showing that he was placing himself on an equal level. Winkle imagined that he might have said something similar himself if he had met Henry Ford, William R. Hearst, or Bill Gates in a similar situation. Estón was a man of medium height, about forty years old, with well-trimmed black hair and a penetrating gaze. "I am the owner of 3D Organic Printing," he continued, "but of course the name will mean nothing to you".

"I am very pleased to meet you, Víctor. It makes me proud to learn that, so many years later, someone knows who I am —or who I was. I am not sure what verb tense is more adequate".

"First of all, how are you feeling? If you need anything, don't hesitate to ask".

"Under the circumstances, I feel well. I don't feel any worse than if I had woken up after any other operation".

"The doctors assure me that your physical recovery will be very rapid. You will only need a little patience".

"Since I've waited for seventy years, you can imagine that a day more or less won't make much difference to me".

Víctor Estón smiled at Winkle's witty reply. It was obvious that they were two men with similar personal stories and that they had much in common. Dialogue would be easy, Winkle thought. They exchanged a few more polite phrases, both knowing that soon the conversation would become more serious, since neither of them was fond of using empty words.

"I imagine that you are the author of my… resurrection. Am I right?"

"Let's not argue over the names of things. You would not have created the Winkle empire if you had not been an intuitive, insightful and intelligent person, so let's not bother about the name, whether it is *resurrection* or something else. In any case, the fact that you are here today is your success as much as mine".

A very fluid conversation between both men ensued. Víctor Estón informed Winkle about everything that had happened since he had decided to use the files with the "photograph" of his brain in order to print the new one, identical to the original. He recounted all the legal difficulties he had had to face and how, in the end, he had managed to implant the brain in the body of a criminal condemned to death. He also explained that Winkle's was the only brain in the world stored on computer files, since the Supreme Court had forbidden the use of atomic-resolution scanners due to the risk involved in using ultra-cryonization. This was probably simply an excuse so as not to explain the real motive behind the decision: catering to the fundamentalist religious and ecologist lobbies who saw the procedure as an attempt at imitating God, according to the former, and Nature, in the eyes of the latter.

He also let him know that the person he had decided to call *Winkle One*, that is, the man who went on living after having awoken from the cryonization and scanning process, had died in an accident, together with his wife and son. He told him how after his death the Winkle empire had disintegrated and the Winkle fortune had been dilapidated by the foundations and NGOs that had inherited it, since there were no descendants. Their management of the money had been dreadful, sometimes negligent and at other times fraudulent.

"In other words, I am a poor illegal immigrant whom nobody will employ because they will think that I am the person who raped and murdered a girl".

"Seen from that angle, you are right. Another way of looking at it is that, since my economic status is now similar to the one you once held, it would be very easy for me to provide you with enough money to enable you to lead a more than decent life. Of course, I am not going to share my fortune with you, but I can assure you a standard of living much higher than the average".

"I am grateful to you for this and, quite honestly, it eases my mind. I suppose I could find some way of making a living, but the world has probably changed so much that I would not know where to start".

"Perhaps you may not agree, but I believe that we are much more alike than you might think. You would have done the same. Letting you have that money is a negligible effort on my part. Imagine the opposite situation, when you were at the peak of your career. How many thousands of people did you have on your payroll with high-executive salaries? Would one more have made any difference?"

They went on talking for over three hours. After that, Winkle was no longer in a condition to continue a conversation which, however, mattered so much to him, and Estón, aware that the convalescent man needed to rest, started to put an end to it. Before withdrawing, he let him know that he had hired the services of one Professor Higgins who, he explained, was a historian specialized in the twenty-first century.

"He will come every day, for as long as necessary, in order to bring you up to date on all the changes that have taken place in the last seventy years. I believe this will help you to adapt to what you will find in the present-day world".

"That will be most useful, I am sure. Thank you very much".

"One last thing. Gregor Asmas had a wife and an eight-year-old son. As I have told you, they are about to be deported and sent back to Germany because they are illegal immigrants. They will be able to live comfortably there with the money that I have transferred to her account, as I agreed with Asmas. They are now in a detention center until their deportation takes place. Now, the wife insisted that, in the contract, there should be a provision that guaranteed that, if the boy wanted to see his father, he would be allowed to do so. It is obvious that he cannot understand that you are not his father, even though you are in his father's body. There are a number of ways in which we could avoid complying with that provision but if you, of your own free will, decided to allow it, the boy would like to pay you a visit before being sent back to Europe. Please do not feel pressured; if you need to take some time to think it over, do so".

"I have no problem, as long as I am not left alone with the boy. I wouldn't know what to say to him".

"The presence of an Immigrations agent is mandatory, and I would imagine that the mother will also want to be there, since she has a right to that under the agreement. If you like, we can wait about a week until you are feeling stronger. My lawyers will see to it that the deportation is delayed a few days".

"Will you and I meet again? I imagine I am now some kind of an icon for 3D Organic Printing".

"We will, and that is not the only reason why, believe me. At the beginning of our talk, I told you that I very much wanted to meet someone like you, in the same way that you would have wanted to meet someone like Rockefeller or Bill Gates. As I said, we have a lot in common. Besides, I enjoy your irony; not many people dare to joke with me".

"I would never dare either but, since you have given life to me... can I call you Mom?"

Over the following week, his improvement was rapid. Víctor paid him a couple of visits, and Higgins, the historian, spent all the mornings and some of the afternoons with him. They talked until Winkle felt too tired to receive more information.

He found out about the crash of the economy due to the North-South crisis and all the religious factors intermixed with it. The European continent ended up Balkanized, and its economic model destroyed. After a number of generations brought up used to the welfare state, Europe had been unable to stand the competition posed by the three giants in North America and the Pacific Alliance. At present China was, without a doubt, the leading industrial and financial power in the world. The impoverishment of the oil-producing Gulf countries had put the final nail in the coffin of Europe's economy, which was largely in the hands of investors from those countries, and also in the hands of Russia, whose economy, based on the commodities market, had also crashed. With its main investors ruined, Europe had no possibilities of updating its industry through robotization, or modernizing its services, or upgrading its obsolete infrastructures. Its products ceased to be competitive, and its service sector, made up mostly by the tourist trade, was crumbling due to insecurity and the competition of many other countries.

Europeans were migrating in masses, especially to the United States, since China had established a practically foolproof system of border controls and a very dissuasive set of penalties for offenders, so that illegal immigration was non-existent there. Europeans who arrived illegally in North America took the worst paid positions, especially in the service sector, the jobs formerly held by African Americans and Latin Americans.

The bid for fascist-style white supremacy, made by what in Europe had been termed "the Deep America", turned against its backers, and failed miserably. Miscegenation became the rule on both coasts and in the south, and a new type of racism spread among the new middle and ruling classes. WASPs were now stigmatized and held in the same contempt that they had formerly had for dark-skinned people.

Nevertheless, the new racist feelings (although, as usual, denied in public, since political correctness was the norm) focused especially on Europeans, who made up the majority of illegal immigrants. The disdainful term *Vikings* referred to all the European population entering the Union of States of North America, the American equivalent of the now extinct European Union, formed by the USA, Mexico and Canada. Since the Europeans usually entered via the extensive Canadian coasts, which were very difficult to control, the more openly racist term for these immigrants was "ice feet".

George V. Winkle had never imagined that his new body might be a stigma that placed him in a marginal position in society. Now he had a skin that was much lighter than that of most North Americans, who were mostly dark-haired and dark-skinned mestizos, the product of Latin American and Oriental genes, together with those that had arrived centuries earlier from Africa. Winkle's new white skin, light blond hair and blue eyes were now indicators of possible illegality.

By now, he had been getting up from bed for several days, and the physiotherapists had started their work. The sessions with his historian coach were coming along at a good rate, and he had almost no difficulty in understanding the language, a mixture of English and Spanish with heavy influence from Chinese, which, however, still rang in his ears with an infernal prosody.

A feeling of monotony crept into his daily life. The people looking after him, from the doctors to the cleaning staff, were always the same. He exchanged a number of short sentences with them, and, although the interaction was polite, it did not provide much amusement. From his window, he could see the open fields of a property that, Víctor had explained, contained the research center, close to Lavaca, in Texas. The landscape was not much to look at, but one would not call it ugly, either. It was flat land, with some trees and shrubs scattered here and there.

The 3D Organic Printing research center that they were in was quite similar to the one Winkle had designed when he started the program that he had called Objective Gutenberg. It was a complex that held everything from laboratories to auxiliary buildings to housing for the staff, surrounded by strict security measures. The place he was in was not a proper hospital, although it did have an operating theatre and the necessary adjacent facilities. As his recovery progressed, the room he occupied underwent transformations. When he had first woken up, it looked like a cubicle in an intensive care unit; now it was more like a comfortable room in a luxury private hospital. Medical apparatus, such as the ventilator and the defibrillator, disappeared as they became unnecessary, substituted by furniture and decorative objects.

Now he was spending more hours sitting in the comfortable armchair, or taking short walks, than in his bed. He was able to eat solid food, although he found it not at all to the liking of his old-fashioned taste, and he could eat sitting properly at a small table rather than uncomfortably propped up in his bed as he had done at the beginning. The room, which was on the ground floor, had a glass door that opened onto a terrace, and he was able to step out and stand or sit in the sunlight when he chose to.

One morning, in the third week of his recovery, he received a call from Víctor Estón. He realized that it was the first time that he had spoken on the telephone, since he had no one to call and no one to call him. Víctor went straight to the point, as usual. "There is a question that I wish to ask you personally, and I want you to feel completely free in answering. George, would it be all right with you if Asmas' son and widow came to see you this afternoon?"

"I have no objection," replied Winkle, and, after a slight pause, he added: "Now it's my turn to ask you to answer a question straightforwardly".

"I always do".

"Do you have any special interest in this visit? Is there anything that you wish to obtain from it, or anything that you want to avoid?"

"If that were the case, don't you think I would have told you? Do what you wish; say what you like. If you want to be friendly, fine. If you wish to remain more aloof, that is fine too. If you want to lay Asmas' wife, I have no objection either," he stated with his usual self-assurance. In an ironical tone, he added: "The only thing I ask is that you don't rape the boy. They would execute you again, and that would mean millions of dollars gone down the drain".

"If it were a twenty-year old girl, I might make a pass at her, but I don't really fancy boys," he replied, going along with the joke.

The visit took place in the late afternoon. First, an immigration officer walked in and half stunned him by reciting endless clauses from laws and regulations, without apparent need. She was a short, stocky woman with a face that showed no empathy. She seemed completely convinced that she was carrying out her duty to perfection and, since supervising visits was among her obligations, she had to warn people who had been convicted for sexual crimes that they could make no gestures that might be considered dubious. She warned him that he could not kiss the child, although the boy was allowed to kiss him on the cheek, at least one and a half inches away from his lips. He could not touch the child from the waist down, he could not... All of these prohibitions were supported by quotes from a set of regulations that, Winkle thought, must have been drawn up by some pervert, considering all the details included. When the agent reminded him that he was not to offer the child any alcoholic beverage or any type of drug, including tobacco, or any medicine that had tranquilizing or psychotropic effects, he was unable to repress a gesture of disdain as he retorted:

"With all due respect, madam, where would you expect me to get any of the things you have just mentioned? Don't you feel that all these warnings are a stupid waste of time in a case like this?"

"The Law, in the United States, is nothing stupid and never a waste of time, and it is my duty to remind you of all these things so that you will not be able to plead ignorance, as all you *Vikings* try to. It is my duty to protect the child from a criminal like you, convicted of murdering and raping minors. And I will fulfill my duty whether you like it or not". She announced this putting her hand threateningly on what seemed to be a brand-new model of Taser gun attached to her belt together with a panoply of handcuffs, radio transmitter, conventional gun and several leather cases that probably held unimaginable things that, nevertheless, she might come to need that at some point.

For a second Winkle considered telling her that he had not requested that interview; that he did not have the slightest interest in meeting that boy; that he had never kissed anyone with a ruler in his hand to check the distance from the mouth in inches, and especially that he had no inclination or desire to put up with all that absurd nonsense she was reeling off in such a threatening way, and which had no bearing on this particular situation.

However, he thought better of it and kept silent, thinking that if this interview meant a lot for a boy who thought that he was never to see his father again, that stupid woman would not be the one to prevent it. Anything he could say to that uniformed donkey would be useless; you can tell right away when a person can understand things or when arguing with them will be like having a dialogue with a parrot. Finally, Winkle decided to use the tone and slow rate of delivery that he employed when he wished to humiliate someone who was trying to act smart, and he enunciated clearly:

"Dear madam, I believe I understand what you are trying to say, and I am grateful that you have explained precisely and in such detail what I can and cannot do. In any case, I would like you to bear in mind that I am not the late Gregor Asmas, but George V. Winkle. I have never been accused of, much less tried, for anything, and under no circumstances would I contemplate committing a sexual crime. I assure you that pederasty is an option I have not considered in my whole life. The attraction I feel for minors is tantamount to that which a donkey may feel for quantum mechanics".

"All criminals have explanations that sound very convincing. I've heard all sorts of excuses, but this stuff about you not liking children but being attracted to some funny mechanics is a new one. Listen, buddy," she continued in her arrogant tone, "no *ice-foot* is going to fool me with all that bullshit about changes in names. Up to now I've been acting polite, but look, you lousy blondie, don't you try to pull my leg, because I can be a real mean bitch. Have I made myself clear?"

It was then that Winkle began to surmise that his body would bring him serious problems. He never imagined that he could be the object of irrational racism (but then racism always is irrational) coming from idiots whose uniform goes to their heads and makes them unable to see the difference between reasoning and imposing their reasons with a gun. "Winning against someone is not the same as winning someone over", he thought, trying to remember a famous quotation to that effect. In that respect, the world seemed to have changed very little in all those years: a uniform and a gun were still the foundations of reason for people lacking intelligence and, strangely enough, those who lacked it most were still the ones being armed and uniformed.

His worries increased when he considered that, just as with that immigration agent, when people saw him in Asmas' body only a very few would be able to understand that he was not Asmas. That he had not foreseen. Would he, George V. Winkle, end up abducted inside the body of a murdering rapist, if most people were unable to understand that he was Winkle, not Asmas?

His first encounter with someone who was not related to the brain-printing project had been disastrous; she had understood nothing. The important thing now was to find out if the majority of people would react in the same way as that stupid agent, or if they would act reasonably, like the scientists involved in the implanting of his brain in another body. A shiver of pessimism ran through Asmas' body and Winkle's brain. He decided not to reply to the agent's provocation, since he was not in the habit of arguing with jackasses. He shut his eyes and focused his attention on the import that his new body was going to have on his future life. A sharp cry woke him from his reverie.

"Daddy!" cried the boy who rushed to him, embracing him as tears of joy ran down his cheeks.

Although expected, the situation was no less awkward. A boy was embracing him and begging him never to go away again. A watchful living rulebook in the shape of a stocky agent in uniform who did not take her eyes off them was there, checking to see if his hands respected the distances stipulated when returning the child's embrace. A young woman was looking at him with feelings that wavered between boundless joy at seeing her beloved husband —whom she had thought she would never see again— and deep hatred, as if Winkle were the devil who had killed her husband to steal his body. To top it all, Professor Higgins was observing everything that happened, without really knowing what his role was, but convinced that Mr. Estón would make him responsible for anything that might go wrong, yet having no idea of what *going wrong* could be.

Winkle was intelligent enough and had sufficient social abilities to be able to cope with difficult situations. The agent and Higgins he simply disregarded. With the child, he used all his resources so as not to disappoint him, but at the same time to avoid saying anything that might hurt or deceive him. The problem was the mother: if he did not embrace her, the boy would find it very strange, but if he did, he was sure that he would feel the hostility of someone who believed that he had killed her most beloved person.

A man like Winkle who, before his *resurrection*, had wielded enormous power and hoarded immense wealth, was more than capable of controlling his feelings. He knew that the decisions he had made had not always been easy, and he had learned to make them in cold blood. Although he had never enjoyed causing anyone to suffer, he was aware that on more than one occasion those decisions had meant hardship and distress for some people. Yet among the many tense circumstances that he had lived through, this one stood out as strange and unprecedented. The look in those blue eyes cut through to the quick of his… his self, whatever that word might mean. He could not say of his heart, since the one that beat in his breast was not his own; it was another man's, and it belonged more to the woman who was looking at him than to himself. Of course, the reference to the heart was a metaphor, but there are times when metaphors turn against their meanings, and the difference between the object and the image becomes obliterated. Is it absurd to imagine that metaphors can be inverted? Was he himself not a simple copy that had survived its original?

An icy embrace with the blue-eyed woman, whose name he ignored, which felt more like a bath in liquid nitrogen, followed by an unanswered question, bathed in childish tears, about when they would see each other again, constituted the epilogue to the brief meeting. Then the uniformed immigration agent, the proxy of some grey bureaucrat who had stipulated the duration of encounters between children and those whom they believed to be their parents, put an end to the interview.

"And now what?" Winkle asked Higgins.

"Before a month they will be deported to Germany. I imagine it was not easy to see an eight-year-old who thinks that you are his father suffer".

"No, it isn't easy. But then, is it nobler to bear the slings and arrows of outrageous… Never mind. By the way, do you know what my legal status is? We have never discussed that".

"Do you mean with regard to the money you possessed?"

"No. I assume that I have lost that. Víctor told me that my entire holding had gone bankrupt".

"I find it hard to believe that you did not have money stowed away in safe places".

"Of course I did, but how would you expect me to be able to identify myself? It would be an enormous legal hassle, and I do not want to devote my new life to lawsuits and such. Do you remember John Augustus Sutter, also known as Don Juan Sutter?"

"*The Lord of San Francisco*, although really we should say of Sacramento".

"Exactly. I do not want to act as he did. In any case, you have not answered me. You should not try to avoid giving me a reply".

"Mr. Estón's lawyers are working on it. For the moment, the courts have not made a statement. Don't worry; it is not an aspect that has gone disregarded".

"Could you do me a favor?"

"That depends on what it may be, but believe me, if I can, I will".

"There was a law firm in Philadelphia that specialized in inheritance, last wills and testaments and so on. In those times, I deposited a very large amount of money in their name in order to face possible problems in the future, meaning in the event that I might need their help once I was… printed out. I set aside that money so I could pay their fees, as I imagined that in the future I would not have such an amount at my disposal. The law firm is called Sharman, Briggs and Associates. Do you think you could talk to them and explain my case? I would like them to help me, and I am sure that they will not shun the obligations they assumed when they accepted that provision of funds".

"I will have to consult Mr. Estón, but I'm quite sure he will have no objection. In any case, your situation is not an exclusively legal question".

"What do you mean?"

"There are some things that you and I have not talked about yet".

"Are you trying to tell me that I am a prisoner or that this is a secret experiment? Does this mean that I must remain secluded for life? Please let me know clearly, Mr. Higgins!"

"You are a prisoner of nobody, except of the prejudices of the times in which we live. You are as much a prisoner of those prejudices as I am, or anyone else you meet in the street. Do you remember the mistrust that existed in your time regarding research on stem cells? Do you think that in less than a century humankind has got rid of its prejudices? We still have creationists and people who have more faith in a hologram of Our Lady of the Mountain or in *alternative medicines* than in genetically modified lymphocytes that can stop cancer from metastasizing. It is not you who are the prisoner; the whole world is a prisoner to ideologies and religions".

"Very well. Theoretical lesson received and understood. And now, will you please explain how all of that translates in my case?"

The historian explained what Winkle had already begun to surmise. Religious fundamentalism, always latent, sprung up whenever science took a step forward that might question any of its beliefs. When the news about the printing of his brain and its subsequent implantation in Asmas' body came out, the reaction had been similar to what had happened when Copernicus affirmed that the earth revolved around the sun, or when Darwin put forward his theory of evolution.

Religious fundamentalists, and others who were not so fundamentalist, thought that associating the soul with the brain was an aberration, not only because the soul had no physical seat, but also because it could only come from God, since He alone was able to create life. If Asmas had died, then his soul had left his body. What was now supposed to be Winkle was simply something artificial, since what had been implanted in that dead body was no more than a cybernetic device. Therefore, he was no more than a thing, and consequently was entitled to no rights as a person. He was not a human being; he was an object.

There was another interpretation, coming from those who held that Asmas' soul had not left his body, since the soul is not located in any one physical spot. The brain is simply one more of the bodily organs and, just as the soul does not leave a person's body if the kidneys are removed, the same applies to the brain. Therefore, if that part of Asmas' body had been renovated, it was as if he had received a new kidney, or a prosthesis to replace an amputated hand. He continued to be Gregor Asmas, a convict sentenced to death but not executed.

"In other words," Winkle summed up, "either I am just an object or I have to be executed. Neither option is very attractive, believe me. And, of course, the people who hold these views are the ones who are always talking about mercy, compassion and that sort of thing. What is the correlation of forces between these groups?"

"It's hard to say who the ones and the others are, since they seem to change sides without the least ideological problem. Remember that in your day there were also scientists who believed in irrational things".

"I guess it was childish to imagine that humankind would have become more rational in the course of time".

"There are also people who, quite apart from traditional religious beliefs, are against what we have done. Think of the development of genetically modified crops in your time; eventually it led to the eradication of hunger, but even so, large numbers of people actively opposed that technology".

"I see your point; the usual groups of dunces who make up their own mix of the parts that they like from the ecologist and the esoteric movements, from religion or from utopianism, trying to find simple explanations for a complex world that they are incapable of understanding; the same old fundamentalists," Winkle concluded.

"True, but if you count the people in the two groups together..."

"Which I consider to be just one".

"...and to that you add the disguised racist attitudes, their numbers increase day by day. In any case, you are safe here".

"Safe? Maybe for the moment. Nevertheless, if you can please contact Sharman, Briggs and Associates for me, I would be most grateful".

That conversation convinced him that things were becoming complicated. He had two ways out: he could fight, or he could disappear. First, he had to confirm that at Sharman, Briggs & Associates they still had a digital copy of his brain, safely stored. In that case, if the situation became worse, he could always make his present body die and his self could wait until someone printed out the brain again in the future... if anyone was willing to do so. But would there be another Víctor Frank Estón, and a more favorable social attitude in the future?

Three days later, he received a visit from a partner in the Philadelphia law firm. He guessed where the man came from as soon as he saw him walk in, since he was dressed in a way that would have appeared normal to him seventy years earlier, but now seemed old-fashioned compared to the clothes of the people around him. The world might change, but Sharman, Briggs & Associates could compete with the arrangement of the constellations in the celestial sphere in terms of mutability: only very slight modifications, only perceptible after many generations.

The news the lawyer brought was not good, but in any case, the firm had taken on his case as question of prestige. The partners had evaluated the pros and cons. Upholding points of view contrary to religion, or assuming the defense of a *blue-eyed blondie*, a *Viking*, an *ice-foot* (of course he used none of these expressions) would not be to the liking of several of their clients. However, in the end they had decided that what was most important was to maintain the prestige of the institution (the partners still used this term to refer to the firm). They thought that what their most important clients valued most was that, whatever the given conditions were, whether they believed in them or not, the firm was able to defend forever —*in aeternum*, as he put it— the last wills of its clients. That was its *raison d'être* and so, in spite of everything, they considered that Winkle's case would bolster their prestige.

The first information the lawyer gave him was that the National Rifle Association, which had altered the color of its racism but not its authoritarian ideology, had filed a suit demanding that until the decision about whether he should be executed again had been taken, Winkle should be castrated.

"Wow, this is more than a kick in the balls, it's cutting them off!" he exclaimed with a laugh.

"In fact, it is chemical castration," the lawyer explained, incapable of imagining that someone could show humor in the face of such an immense absurdity. He explained that the strategy was to present Winkle's case in some court in New England, since in the south and west it was unlikely that there would be anyone of European descent on the jury. I seemed like a good idea, but there was no certainty that it would work.

The lawyer confirmed that Sharman, Briggs & Associates had the digital files of his atomic brain scan safely stored ("But of course; how could you have doubted it?"). Knowing this, Winkle considered once more whether it was worth facing the impending ordeal when he could simply choose to disappear (to *die*, some would have said) and start living again (*resurrect*, many would have said) in a future less riddled with prejudice. He had never imagined, as a white, educated, powerful multibillionaire that he might one day be the object of social rejection. Although he was not a reckless person, Winkle was not used to giving up. If Gandhi, Rosa Parks or the Jews who managed to survive the Holocaust had not surrendered, neither would he, although it was not his intention to start a crusade against discrimination. It was a question of personal liberty: neither racism nor religions would dictate his behavior.

Days went by and there was no news about any of the legal issues pending. Since he was now fully recovered, he suggested to Víctor Estón that perhaps it was time to go beyond the limits of the protected scientific area and into the town for a visit. At his insistence, although he did not like the idea, Estón agreed. "All right, but you will be accompanied by members of my security service".

"To protect me or to watch me?"

"Come on, don't mess with me. If you want to go out on your own, go ahead, but I'm warning you: tempers are running high".

Over the two hours of his first walk into town, he had to listen to all kinds of insults. Although he had been forewarned, when he heard people yelling out *Rapist! Cut the blondie's balls off! Execute him once and for all! White shit! We'll bust your wife's and your kid's asses!* and other menaces of that sort, he realized that popular animosity against him was indeed as strong as they had told him. When they walked into a bar and he ordered a beer, it was not just that he was refused service. After only a few minutes, six people surrounded him with the obvious intention of attacking him. He ended up with a gash in his head due to the impact of a bottle that someone threw, and the bodyguards that Víctor Estón had assigned to him, four hefty Black men whose height was above the NBA average, covered his retreat by dealing out punches, hitting out indiscriminately at everyone, left and right. The cut required four stitches in his forehead. That was his first experience.

A few other attempts at going for walks outside the laboratory-village that had become his residence ended up in similar ways.

The resolution of the Texas court about his castration came out soon and, as was expected, was favorable to the castrators. At that point, Sharman, Briggs & Associates began to make an exhibition of their ability to employ all sorts of legal wiles. They started by asking for a reprieve, and then they embarked upon a strategy of confusion. They filed lawsuits and claims in large numbers, together with appeals to higher courts, recusals and other legal actions that turned everything into such a legal maze that the case resembled a ball of yarn after two kittens had played with it for a whole day. Protracted litigation was their specialty; it would be years before a definitive solution came out.

Víctor Estón visited him at least once a week. On one of those visits, the owner of 3D OP surprised him. "Guess what; Asmas' widow has asked me to convey her petition that her son can come and see you again".

"Poor kid. Do you think that he can understand any of this?"

"In any case, he understands no less than all the lunatics making noise out there. If it didn't sound a bit mawkish, I would say that ignorance due to love is much preferable to ignorance due to hate".

"Nice aphorism, Víctor, but you haven't really answered me".

"I have no answer. I don't even know if his mother understands this".

"I will never forget her gaze. It is an awful mixture, that tenderness for the body of a beloved being and, at the same time, that hatred of me as the person who stole her husband".

"The look of love-hate of couples who break up, of disappointed love, of loss of affection, of betrayal between parents and children..."

"No. Her gaze was more contradictory than that. A look that reflected things like those you say, but also the incredulity and stupefaction of being the first person to whom something like this has ever happened. When you love your partner and they cheat on you, you develop a feeling of hate that we are all familiar with; but that is part of the game of love. You know you are not the first person that has suffered that, and you won't be the last. Asmas' wife has been the first-ever person to see the body of her husband profaned, but alive and in the power of another person".

"Don't underestimate the suffering that there has been all throughout History. Much worse things have happened. No, George, Asmas' widow is not the person who has suffered most".

"Asmas' widow, Asmas' wife, the blue-eyed woman, the mother of Asmas' son, the illegal immigrant awaiting deportation... Do you realize that I don't even know her name? I hate having to talk about her as a woman with no name".

"Margaret, her name is Margaret. In Germany she was called Grete, but she Americanized her name when she came here".

"When will they be deported?"

"Soon; we managed to get a six-week reprieve, but I don't think we will be able to stretch that much more. We are working with a human rights organization that has good specialists in that area".

"Do you think it would be a good idea for me to ask Sharman, Briggs and Associates to do something?"

"Well, if we mix it up with your case... maybe they might come up with an idea, although I know their fees will cost me a packet".

"Everything they do to protect my interests is amply covered by the provision of funds I made for them years ago. That was the agreement. You won't have to pay anything".

"I doubt they will consider this part about Margaret as part of the agreement. In any case, don't worry about the money. I started this war and —like you, I believe— I am not used to losing. My companies practically run themselves; my CEOs work better if I don't bother them. Now that I am so involved in this case, they are all hoping that I will stick to it and let them work in peace. My economic empire is growing day by day, although I am sure that at some point it will fall just as yours did, and that of Bill Gates and so many others. But that time has not come for me yet. I don't know if I've mentioned this before, but Sharman, Briggs and Associates are also in charge of my testamentary affairs, trusteeships and such things".

"I had imagined as much; they used to be the best".

“And they still are. When they have to deal with a case not directly related to their areas of specialty, they have contacts with so many experts in all different branches of law that they can quickly put together a team to tackle any issue. I think it is a good idea to bring them into this. Their ability to muddle things up in any situation is almost infinite. The more we complicate this war, the more we will confound the enemy”.

“But who is the enemy?”

“I don’t know, George! Do you?” he asked with a laugh.

“Religions, idiots, racists, people with no foresight… in a word, all those who are afraid”.

“By the way, why are you so interested in Margaret and the child? Is it because of her, or because of the boy?”

Winkle was unable to answer the question. He felt a deep compassion for that child. He had never had children, or wanted to, but he was not insensible to their innocence. He hated the idea of people making decisions that affected others without their having a say, and children were the paradigm of this. That poor boy had ended up fatherless due to hundreds of circumstances that had absolutely nothing to do with him. Winkle was perfectly aware of the fact that this was the plight of millions of children all over the world, but that boy had come to him, embraced him and begged him not to abandon him.

He started to look for explanations that would justify his feelings, to find a reason why he should protect the boy. His instinct and his will pushed him in that direction, but he could find no rational motive to justify it. Finally, he found one. “I’ll protect him because I feel the hell like doing it!” he said to himself, convinced that this was a valid argument.

The Sharman, Briggs & Associates machinery, oiled by a new provision of funds from Víctor Estón, went into action immediately. Their contacts with the best firms specialized in Administrative Law provided them with the necessary complements to their strategy. Winkle could not help smiling to himself whenever he imagined a powerful army of elite lawyers attacking the stagnant administrative structures. He could imagine the cocky immigration agent he had met —that woman with a rule-book brain and articles and clauses running through her veins— surrounded by piranhas dressed in lawyer's robes gnawing at her body.

Naturally, the deportation order was suspended until some outdated board, which had not met for ages, should issue a report that would then have to be submitted to a committee that had a ten-year backlog of urgent and extraordinary cases to decide on. Obviously, evaluating this report was neither urgent nor extraordinary, so it would go to the bottom of the pile of pending issues. When the time came, everything would be examined by a court that would have to produce a sentence in a period not to exceed five years, but if there were a subsequent appeal to a higher court, the period would not be so short… In a word, according to the Sharman, Briggs & Associates lawyers, the expulsion could not be effected before fifty or sixty years had gone by, at the earliest, and that was the least favorable scenario for Margaret's interests. Her son's case could take even longer, since he could always argue that he was defenseless because he was a minor when the deportation order had been issued, so very likely everything would go back to square one.

Both mother and son had been released from the detention center after a well-selected legion of lawyers, notaries, bailiffs and journalists had presented the immigration agent responsible for it that day with a mountain of writs, citations for who knows what, threats of impending lawsuits of all sorts, and hundreds of other pages of unintelligible documents. She was the very same agent that Winkle had imagined devoured by piranhas in lawyer's robes. Nobody knew whether the circumstance of her being on duty that day was mere coincidence or due to the peculiar sense of humor at Sharman, Briggs & Associates. The fact is that this efficient public servant ended up in hospital with an anxiety attack and was later given six months' sick leave due to depression. Up to then she had never missed a single working day.

Eventually, and this time with no supervising agent present, the second interview between Winkle and Asmas' widow and son took place. The boy could not understand why his mother was telling his father about things that he knew perfectly well, such as that she had been a viola soloist with the Frankfurt Philharmonic Orchestra until it was disbanded because they could no longer pay the musicians due to the Great Crisis. In the uprisings and regional wars that broke out at that time, many members of her family, as well as her husband's, lost their lives. Between staying and starving to death and attempting the "northern passage", making a stopover in Greenland before moving on to Canada, there was only one possible option: they had to take the risk, and this meant travelling with two small children. In Greenland they were forced to wait in a refugee camp until they could find the way to board one of the fragile vessels that, illegally, sailed through the icy waters to set the migrants ashore somewhere on the extensive Canadian coastline, which was difficult to patrol and control.

The boy's amazement at her narrative continued, as his father knew full well that the girl did not live long enough for that; she died in the refugee camp and they buried her there, near Thule, in a grave that was difficult to dig because of the hardness of the permafrost ground. Very likely, her frozen body still lay there uncorrupted. Grete, her husband and their surviving child managed to reach the Canadian shores after a direful trip over the icy ocean, steering among floes of sea ice and scourged by the wind. Then they had to walk about three thousand miles until they reached Texas. It was an extremely demanding journey, but every mile they advanced towards the south brought them closer to a milder climate. Keeping out of sight as much as possible, and trying to avoid police and immigration agents, they managed to arrive at the place where it seemed easier to find some sort of work, even though their illegal status made them vulnerable to exploitation.

Margaret also told him how surprised they had been by the racist attitudes towards blond, blue-eyed Europeans. Apart from the violent groups that attacked and insulted them, what was most humiliating was the covert racism, the small everyday signs of disdain and mistrust. Of course, she never even considered trying to find work in an orchestra, which would have been impossible. Giving private music lessons was also out of the question, because the place where they were living was a miserable room in which the three of them lived together, subleased in an apartment in a much-degraded building in a conflictive slum quarter. It was no place to teach someone to play an instrument.

It was easy to imagine the life they had led; they barely managed to earn enough to buy food, and lived in constant fear of the violence in the slum and from the racist groups. They were especially afraid of being arrested and expelled from the country, which would have meant that all the hardships they had undergone, including the death of their daughter, would have been to no avail.

A different emigration option such as China, which was the ideal goal of most Europeans, had appeared unthinkable. Apart from the language problem, which posed a real obstacle because hardly anyone there spoke English anymore since the country had become the leading world power, it was almost impossible to enter; the Chinese borders were impassable. For many centuries it had been the country of the Great Wall, and they seemed very proud of that, she said. It was the only ironical comment that Margaret made in her whole explanation.

The first tears came into her blue eyes when she began to talk about her husband. According to her, the cause of his undoing had been a spoiled well-to-do Lolita who had used Gregor for her teenage games. Working for her family, he had fallen into her trap without thinking of the consequences of something that should never have happened. As for the girl's death, Margaret held that it had been an accident; the police had not bothered to collect any evidence, and the trial had been a farce with a jury whose verdict was decidedly racist. It was only normal for her to express herself thus, especially with her son standing there.

Winkle was in the habit of never giving an opinion without having heard both sides; in this case, however, he was not interested in knowing what had really happened: the girl was dead, Gregor was dead, and guilt or innocence could bring no one back to life.

He asked her what she intended to do in the future and Margaret answered that she did not know. The one hundred thousand dollars from Víctor Estón were a lot of money in Europe, though very little in the United States. However, in Germany she had no family left, either her own or her husband's. Besides, the violent atmosphere in the country brought about by the virtual disappearance of official authority, with the subsequent rise of the mafias, made her fear for their lives if they went back. The option of staying was not very promising either. It would mean living in pitiful conditions, and she would have to move not just to another town but also to a different state. Racism was extremely active in the south and west, and there she would never be anything but the widow of a rapist and murderer.

George thought of asking Víctor to give her employment in one of his companies, far from where they were, but he knew that she would not have accepted help from the person who she considered had contributed to her husband's death. Although rationally Margaret knew this was not so, emotionally she could not help but feel that it was.

When she and the boy were released from the detention center, Víctor Estón had allowed them to stay in one of the apartments for auxiliary staff at the laboratory complex. Although there they could live in comfort and had all their basic needs met and their security guaranteed, Margaret wanted to leave as soon as possible, so as not to have anything for which to thank the owner of 3D Organic Printing. If she was still there, it was because she had nowhere else to go.

As a legal step in one of the lawsuits brought by Sharman, Briggs & Associates with the aim of preventing their deportation, the judge summoned the mother and child for a deposition that had to be effected in person. There was fear of public disturbances, because those who considered that Gregor Asmas had not been executed had begun to focus their aggressiveness on his wife and child. In their view, the rape and death of the Sánchez-Brown couple's daughter had not been avenged, and someone had to pay for that.

Accordingly, the lawyers requested police protection, and they were told that everything was under control. Reality proved the opposite: the deployment was clearly insufficient, and when they walked out of the court after having declared, mother and child began to suffer the wrath of the huge crowd that had gathered at the entrance. At first, it was only hoots and insults, but soon the police line was broken, and Margaret and her son began to receive shoves and blows. The level of aggression continued to rise with the throwing of garbage, bottles and stones. Thanks to the private security service hired by Víctor Estón, they escaped being lynched, and were escorted back into the court building, where they remained entrenched until the arrival of police reinforcements and a helicopter sent by 3D Organic Printing that rescued them from the rooftop and carried the wounded mother and son to the laboratory complex.

The medical facilities installed for the insertion of Winkle's brain into Asmas' head had not yet been dismantled, and although it was not a proper hospital, it was the safest place to use. They could receive assistance there much as they would have in any hospital, since the same helicopter was immediately dispatched to bring the necessary medical staff and materials. The mother's wounds were not very serious and posed no threat to her life: a broken arm, a few shallow cuts and several bruises. The boy's plight was much worse: he had received a blow to the head with a baseball bat and had not yet regained consciousness. As the preliminary exploration seemed to indicate, the operation confirmed that the craniocerebral trauma had affected his brain to such an extent that there was no possible recovery. It is not hard to imagine the desperation of a mother who, in a relatively short period, had lost her daughter and her husband, and was now about to lose her son. She refused to accept the idea that she would never see his young smile again.

Upon receiving the news, Víctor Estón arrived immediately. He always faced up to any situation and, however unpleasant it might be to have to talk to the mother in those circumstances, he was convinced that it was his duty to show up and give Margaret, personally and unequivocally, confirmation of her son's condition.

"Unfortunately, your son is dead, madam," said Víctor in a calm voice, although he was deeply and truly distressed. "His brain has been destroyed and there is nothing Medicine can do for him. His heart is still beating, but he is no longer there; you must accept that he will never regain consciousness. Perhaps you will not believe me, but I want to let you know, honestly, that I am terribly distressed by all this".

"And you are sure that there are no chances? What if we had him taken to a hospital?"

"No possibilities whatever, I am sorry. The team of neurosurgeons that have operated on him comes from the best hospital in Houston, which is to say one of the best in the world. I have been talking to them, and they assure me that they could have done no more in their hospital than what they have done here".

After a moment of silence, Margaret asked, in a weak but firm voice: "Well... couldn't your team print out a brain for him like they did with my husband?"

A cold gust seemed to sweep through the room in which the three were gathered, since Winkle had also wanted to be present. The two men's eyes met for a fraction of a second, and they understood each other without having to say a word. Both had foreseen that the question might come up, but had rejected the idea immediately. They had a strange feeling that could not be called surprise, confusion, or amazement, nor bewilderment, fear or consternation; it contained a portion of each of these, and there was no one word to define it. It was like what one feels when something that one refuses to believe can happen begins to happen. Perhaps it could be akin to the feeling of someone sentenced to death who hoped that the sentence might be commuted but hears the approaching footsteps of those coming to lead him to the place of execution.

An answer was required, and Víctor felt it was his duty to give it. "There is only one brain file in the world: that of Mr. Winkle when he was thirty-five," he informed her, trying to avoid her gaze and speaking as if George Winkle were not there. "It is not the Mr. Winkle that you have met, since from the moment that he awoke with the new printed brain in his head he has lived through a number of events and emotions that have modified the brain that was stored in the..."

"Please, Mr. Estón! The last thing I need now is a theoretical explanation. All I want is a yes or a no".

"Placing an adult's brain in a child's body? I do not feel qualified to give an answer to that".

"Why not?"

"Well, in the first place, Mr. Winkle would have to authorize it, I imagine, since the files belong to him". He continued to speak as if George was not there, and without knowing where his answer was taking him. "He would be an eight-year-old boy who would feel and think like George V. Winkle at thirty-five. It would be madness. He would not be your son; he would be an adult, with all his memories and experience, in your son's body".

"Again you are beating around the bush. Yes or no?"

"How could you bear to live with two people in the world, one in your husband's body and one in your son's, who would be exactly the same person, but in neither case the person you would think they were?"

"Even so… at least I would be able to love him; to see him move, walk around, laugh…"

"He would have no filial feelings towards you; he would not recognize you as his mother".

This time Margaret turned to George Winkle, fixing her gaze on him. "Mr. Estón will not give me a yes or a no for an answer. I beg you to do so".

"You ask me for a straightforward answer. I beg you to give me an hour to think it over," replied George, who was as confused as Víctor was.

"All right. I will be back in an hour. I am going to my son's bedside. The only thing I want is to be with him".

She left and the two men remained alone, with the awful feeling that things had gone too far. They began to speculate on what might have happened had they been able to scan a child's brain, or if it had been possible to erase most of the memories in a new version of Winkle's brain, or if they had…

Víctor took a firm stand and declared: "Enough conditionals, enough fantasizing on things that never happened! Let us stop trying to avoid the issue by thinking about what might have happened or been done. You have to make a decision and you know it can only be yes or no. There is no need for you to explain your motives, make any considerations, or give any justification. Just yes or no".

"Let me talk to the mother for a while".

"All right. I imagine you would rather do it in private, wouldn't you?"

"Yes". This time, Winkle's answer came with no hesitation.

The mother arrived shortly. They sat down facing each other and Winkle looked straight into Margaret's piercing blue eyes. "Do you know what you are asking us to do, Grete?" he inquired, using her German name.

"All I know is that I do not want any more of my loved ones dead".

"Your son is dead already. He will not be your son if they implant a printout of my brain in his skull. That will be me".

"Please, don't go on talking theory like Mr. Estón".

"I have always seen it in your eyes that you hate me deeply, because you believe that I have stolen your husband's life, that I have appropriated myself of his body like the devil does with a possessed person".

"I won't deny that".

"And don't you think that when it comes to your son's body your hatred may be even stronger?"

"Maybe".

"What I mean is, do you realize that if your son becomes me, you may end up hating him like you have never hated anyone in this world, since in fact you will hate me?"

"I am aware of that".

"Do you know that the brain that they will implant in his skull will have no memories at all of what has happened since my brain was implanted in your husband's body?"

"I know".

"And you are also aware that, in your son's body, I will not recognize you as my mother, and I will have no memories of your son's childhood?"

"Yes, I'm aware of that, but at least I will see him alive".

"But it won't be him, I tell you. It will be me. Besides, I have no idea of how I will react with my adult memories inside a child's body".

"There you go again with your theories! I have nothing more to lose. You are the one who is afraid, Mr. Winkle. So the question is still the same: yes or no?"

"Do you understand that there will be two Winkles alive at the same time?"

"I had not really thought about that, but I don't care. I don't want any more dead bodies around me".

"Am I a dead body? I am your husband's body, but I am not he. Don't you think that you will see your son with my brain as another dead body?"

"I don't know, and right now I don't care! I want to see him move around and laugh. I will get used to it".

"Grete, are you willing to accept all the responsibility? Do you consider yourself forewarned?"

"Of course".

"Will you continue to look at me with the same hatred in your eyes?"

"I don't know. Possibly even more".

"You are sincere. You have my permission. The file of my brain is at your disposal".

Without any further loss of time, the team of experts again began to prepare the process of printing out the files and the operation of implanting a new Winkle brain, this time in the boy's body. After talking to the mother, Winkle had retired to his room saying that he wanted to be alone and that no one should disturb him; he needed to rest.

The next morning, they found the body that had belonged to Gregor Asmas, but contained Winkle's printed-out brain, lying dead. He had taken a dose of benzodiazepines that would have killed a horse.

In a handwritten note, he stated that he did not want two Winkles to be alive at the same time, because he was incapable of imagining what that might imply. The final lines read:

"My first death was a violent one: when I was sixty, I myself shot my thirty-five-year-old printout. For the second one, the lawyers at Sharman, Briggs and Associates had a lethal illness introduced into my scanned body, so that it died before the end of two months. In that way, they freed me of the charge of having murdered my printout and, in order not to repeat the paradox of two Winkles living simultaneously, they turned it into a terminal body. My third death, at sixty-three, happened in an accident in which my wife and son also died. Now, this fourth time, I die by suicide. I do not know how my self will live or die in the body of Margaret's son, but I wish all the best for me in this and any other successive lives… should anyone continue to print me out".

The operation on the boy was a total success. When he regained consciousness, Margaret was by his side. For the first time in a very long period, her face lit up with joy and thrill at seeing her son open his eyes and start to move. Full of the tenderness that had remained blocked up within her for so long, she began to kiss and caress him. In a voice that conveyed all her motherly love and kindness, she asked:

"How do you feel, my love?"

"Who are you, madam?" asked the boy. "Please refrain from touching me in that fashion. Do not feel offended, but all that kissing and stroking makes me uncomfortable".

"I am your mother!"

"What do you mean, my mother? My name is George Winkle and my mother died when I was twenty. I will not have you make fun of her".

"My son, my dear son!"

"You are delirious. I don't know how you managed to get into my room. Now leave me alone; I want to rest. And I beg you not to come and bother me again. I cannot stand the whims and fantasies of mental patients".

∆ ∆ ∆